KB137977

2017

현대인이 꼭 읽어야 할

문파대표시선 55

지연희, 백미숙, 박하영, 탁현미, 임정남 외 지음

초판 발행 2017년 8월 7일
지은이 지연희, 백미숙, 박하영, 탁현미, 임정남 외

펴낸이 안창현 **펴낸곳** 코드미디어
북 디자인 Micky Ahn **교정 교열** 백이랑

등록 2001년 3월 7일
등록번호 제 25100-2001-5호
주소 서울시 은평구 갈현1로 318-1 1층
전화 02-6326-1402 **팩스** 02-388-1302
전자우편 codmedia@codmedia.com

ISBN 979-11-86104-59-0 03810

정가 12,000원

2 0 1 7

현 대 인 이 꼭 읽 어 야 할

문파 대표 시선 55

2017년 문파문학에서 선정한 대표 詩選

지연희, 백미숙, 박하영, 탁현미, 임정남 외 지음

시의 길은 살아있는 생명의 길

시인, 문파문학 발행인 | 지연희

문파문학의 연륜도 이제 10년이라는 성년의 시간이 지나고 있다. 어제인 듯한 그 출발이 조금씩 성숙한 모습으로 진화하여 제 모양을 갖추었다는 평가이다. 아름다운 모습이며 보람된 결실이다. 어떤 과정을 통하여 소귀의 목표를 달성했을 때 우리는 나무가 땅속 깊은 곳에서 혼신을 다하여 자양분을 끌어 올리고 종래에는 꽃을 피우는 일이라고 일컫는다. 문학적 성과는 훌륭한 작품을 남기는 일이다. 뼈를 깎는 투신으로 영혼의 말을 문자로 전달할 수 있을 때 '아름답다!'라는 감탄사로 시문학의 영예로운 성역은 문을 열어준다. 시는 문학 장르의 꽃이며 열매이다.

'해마다 문파문학 대표시선을 발간하는 이유는 낯익지 않는 독자와의 소통을 위한 일이다. 오직 한 사람이라도 우리의 혼신이 담긴 시 한 편이 독자라는 이름 위에 놓여 지기를 기도하고 있다.'는 언급을 지난 2016년 대표시선집 발간사를 통하여 피력한 바가 있다. 오직 한 사람 그 독자가 해마다 우리 곁에서 응원하고 있다는 사실을 확인하고 있다. 그 같은 독자 한 사람과 따뜻한 마음의 결로 소통할 수 있을 때 시인은 밤새워 골목길 어둠을 밝히는 외등 하나가 될 수 있는 것이다. 혼신을 다하여 창작의 방에 불을 지피는 장인의 길을 서슴지 않게 된다.

인공지능의 소유자 알파고가 세계적인 중국 바둑 기사와 대결하여, 사람의 지능을 기억의 회로로 제압시킴으로 전 세계적 우려를 낳고 말았다. 몇 년 전 한국의 이세돌 기사와의 대전에서 4대1이라는 충격적 완패를 자인할 수밖에 없었던 일의 후속 게임이었다. 이 같은 결과 이후 인간의 두뇌는 인공지능에 지배되는 날이 도래하리라는 설왕설래가 장안을 떠들썩하게 했다. 그러나 다행스럽게 인공지능의 로봇은 기억의 마술사일 뿐 창의적 예술성을 발휘할 수 있는 능력은 제로상태이어서 인간의 가슴으로 야기된 정서의 산물, 시를 쓰거나 그림을 그려낼 여력이 없다는 것이다. 얼마나 위대한 조물주의 창조물인지. 시의 길은 살아있는 생명의 길이며 시인은 이 길 위에서 건강하게 호흡해야 한다.

추억을 먹고 사는 행복한 사람들

문파문학회 회장 | 임정남

문파문학은 문학의 향기를 음률에 담아 사계절 다양한 흐름으로 소리를 내고 있습니다. 풀 위에 앉으면 눈을 감고 그 풀이 되어 싱그러움, 향기로움, 푸르름을 느끼지만 일상에서는 놓치고 살아가기 쉽습니다. 마음을 열어 깊이 생각하면 아름다운 세상이 더 많이 보일 것입니다.

봄꽃이, 아카시 꽃이, 밤꽃이 세상을 물들이더니 어느새 무더운 여름에 들어서고 있습니다. 잠시 일상에서 벗어나 몸과 마음에 새로운 활력을 주는 좋은 때입니다. 나이 들어 시 공부하길 잘한 나는 시절에 따라 낯선 세계를 찾아 심신에 깨우침을 얻고 졸린 영혼을 깨워 특별한 아이디어를 얻을 때가 즐겁습니다.

총기를 깨워 최소한 잊었던 아름다움이나 추억을 찾아 글을 쓰는 일이 얼마나 멋진 일입니까? 애면글면 남편 사랑, 자식 사랑 하다가 시 쓰는 내가 좋아 나는 나를 사랑합니다. 잘 써서가 아니라 글공부하는 나를 식구들도 좋아합니다. 문파문학 식구들의 다양한 문학의 빛깔과 맛은 누구도 맛볼 수 없는 뉘앙스를 풍깁니다. 마치 한여름 우거진 푸른 숲속을 걷고 있는 것 같습니다.

열 번째 출간하는 문파문학 대표시선집은 회원님들이 일 년 동안 가꾸어 주신 노고를 갈무리하는 일입니다. 기억하고 싶은 그때 그 시절을 떠올리며 눈코 뜰 새 없던 지난날을 위로하며 추억을 먹고 사는 우리는 행복한 사람들입니다. 세상은 삭막하다 하지만 아름다움이 더 많습니다. 문학축제의 마당에 함께한 우리 모두 지금처럼 열심히 세상을 향하여 시의 농사를 경작합시다.

contents

contents

contents

한 조각의 꽃,
강물이 흐르고 있다

지연희

충북 청주 출생. 『월간문학』, 『시 문학』 신인상 당선 등단. 한국문인협회 수필분과 회장, 한국여성문학인회 부이사장 역임, 국제PEN클럽 한국본부 이사 역임, 한국수필가협회 이사장, 문파문인협회 이사장, 계간 『문파문학』 발행인. 저서: 시집 『메신저』 외 6권, 수필집 『씨앗』 『식탁 위 사과 한 알의 낯빛이 저리 붉다』 외 12권

01

냉장고에서

365일 세 번의 시간, 거듭 기도한 끝에
육중한 빛의 문이 열리기 시작했다
수많은 모음과 자음의 뉴스들이 꿈틀거리던 벽과 벽,
숨 조이며 몸을 감싸던 어둠의 베일이
한 겹 한 겹 벗겨지고
부스스 눈꺼풀이 열리고 있다
가느다란 빛줄기가 스며들기 무섭게
앰뷸런스의 구급요원처럼 사람의 지문이
굵은 내 몸통에서 뿌리까지 청진기를 누르고 있다
깊은 산 경사진 찔레나무 그루터기에 숨어
삼십 여년 동거 동락한 우리들을
심마니는 내 살의 고향 싱싱한 흙냄새를
진흙 팩처럼 덕지 덕지 몸에 붙여 주며
겨드랑이에 품고 산을 내려왔었다
어둠의 방 실낱같은 숨이 버티어 살아남은 것은
때때로 꿈속인 듯 스며들어 감싸주던 어머니의 갈퀴손
주름진 살갗을 비집고 시간의 나이테 사이로
뾰얀 실뿌리를 저물어가는 목숨의 값으로 돋아 올리고
부활하기 시작했다, 어둠 속 미라의 마른 살갗에 물이 오르고
감았던 눈이 천지창조의 그날처럼 반짝이고 있는 오늘,

햇볕 머금은 다락 논에 묻힌 모판의 볍씨들
막 물길을 긷고 있다

02

월광곡

중추절 중천에 뜬 고요
물끄러미 내려다보며
하얀 시간 위를 걸어가고 있다
부시다, 저 크나큰 발자국
사과나무 밑 낙과의 낯빛에 내려
차디찬 그늘을 밝히는 손길
바람의 손등에 밟혀 뒤채이다가
골목길 추녀 끝에 웅크린
낙엽 하나 조용히 토닥이는

밤의 정적에 흔들리는 푸른 등나무
가슴 환히 꽂히는 빛의 화살 끝에서
붉게 깨어나는

골목 안
온통 꽃빛이다

03

풀잎

비가 온다
고
일기예보는 앵무새처럼
시간대 별로 반복했다
몇 가닥의 빗방울이 층계 위 젖은 발자국처럼
떨어지다 -떨어지고- 떨어지다- 반복하더니
멈춰섰다,
그리고 회색빛 구름 가득한 하늘에서
서서히 물러서는 우울
풀잎 얼굴
자그마한 청자 빛 어렴풋 햇살
머금은 한 뼘의 하늘

한 조각의 꽃 강물이 흐르고 있다

`04

개벽

어떤 입술로도 피어나지 않던 꽃들이
환하게 꽃잎을 연다
숱한 겨울이 지나는 동안 쇠줄로 묶여있던 포승

비로소 열리는가 보다, 순간
꽃들은 불면의 잠을 밝히고
비장한 다짐으로 주춤주춤 발을 내어 놓는다
발들의 행렬
마른땅을 뚫고 돋아 오르는 가쁜 숨
사람들은 난생 처음이라는 세상 구경을 믿지 않는다
파릇이 한 그루 사과나무가 키를 키우는 개벽
구겨진 역사를 믿지 못한다
햇살이 손등 위에 앉아 춤을 추는
따사로운 봄

불현듯 피어나는
꽃들의 함성

05

무논의 거울 속에서

어스름의 시각
알몸으로 솟아오른다
용광로의 화구를 빠져나온 불덩어리
여명으로 물든 산봉우리를 넘으려나 보다
넘어서 단숨에 뛰어내리려는 것일까
무논의 거울 속으로 뛰어들고 있다

첨벙, 첨벙, 첨벙 새벽을 가르는 빛
붉게 달구어진 대장장이의 쇠붙이가
천 년의 늪 속으로 스며든다
맑은 이슬로 깨어나는
둥근 장미꽃 한 송이

아침이 무논의 문을 열고
서서히 일어선다

가지 끝에 한걸음 찾아든
내 생의 세레나데

오심천의 전설

한 권의 책

자정의 무게

2016년, 가을

미장원에서

사공정숙

1998년 『예술세계』 등단. (사)한국문인협회 위원, 한국수필가협회 운영이사, 문학의 집 · 서울 회원, 문파문학 편집차장, 글마루 동인. 현대백화점 부천 문화아카데미 시 수필 강사. 저서: 수필집 『꿈을 잇는 조각보』, 산문집 『노매실의 초가집』, 시집 『푸른 장미』

01

오심천의 전설

하늘에서 별똥별이 한바탕 쏟아지던 날, 할머니 무릎 위에서 잠이 들었네 오심천 건너 삼밭에 숨어 산다는 도깨비들 놀이, 길 가는 나그네 흙 퍼부어 홀리는 짓궂은 개호지의 버릇, 그런저런 이야기들 꿈결에 자분자분 걸어와 시렁에 옷 걸리듯 놓이게 되었네

보름달 구름의 외투자락에 숨어들고 먼 산 건너온 바람, 우물물의 숨소리가 심상치 않은 여름밤 산골마을 노매실에 새로운 전설이 생겨나곤 하지 어느 핸가, 겁 없는 동네 청년 두엇이 귀신 이야기 안주 삼아 막걸리 한 말 호기롭게 나눠 마신 뒤 오심천변 도깨비 전쟁 목격하고 그만 혼절하고 말았다네

휘리릭 휘리릭 수십, 수백의 도깨비들이 던지는 불꽃 무더기가 오심천 가운데서 폭죽처럼 터지거나 때론 검푸른 물 위를 미끄러지듯 걸어 다녔다고 했어 도깨비불이 물 위에서 싸운다는 거야, 싸움 끝에 밀고 당기다가 산 위로 꼬리를 물고 날아가기도 했다지

한바탕 설거지하듯 소낙비 쏟고, 아침이면 오심천에 황토빛 선혈이 콸콸 쏟아지곤 했어 밤새 오심천 양쪽에서 나무들 간 전쟁이 있었던 게야 도깨비들은 용병일 뿐 병서 읽은 산 중턱 정자관 쓴 늙은 소나무가 나선 거지

미루나무 가로수를 척후병 삼아 지휘한 게 틀림없어 팔 꺾인 미루나무가 여럿, 허리께를 다친 수양버들이 수도 없

는 걸 보면 뻔한 게야 요란한 싸움 끝에 물길도 바뀌었네 보에 숨은 숭어 철버덕 자진해서 제방 위로 올라와 앉던 날이었어
  물가에 어제 없던 돌무더기 수북이 쌓인 건 모두 도깨비들 무덤, 날이 밝아 미처 데려가지 못한 도깨비들일 거야 부상당한 척후병 나무들만 빼고 시침 떼고 서 있는 숲속 병정들 여전히 팔랑팔랑 병서의 책장 넘기며 세를 키운다지 오심천에 쓰여지는 여름밤 이야기들, 올해는 개호지가 용병으로 나올지도 몰라

02

한 권의 책

참새가 날아오르며 맑은 스타카토로 배경음악을 내보내는 아침,
나무는 숱 많은 머리를 흔들며 푸르게 서 있었다
리본을 얹듯 몇 마리의 참새들을 거느린 책표지에는
책의 향기가 후광으로 떠 있다
나무가 보낸 편지글의 행간을 찬찬히 읽어가기엔
티브이처럼 듣고 보는 것만이 익숙하여
제1부에서 제5부까지 실핏줄 모양으로 얽힌 이야기들을
단숨에 후르륵 책장을 넘기며 본다
옹이진 가슴앓이엔
따라서 슬플까 또다시 건너뛰었다
책장마다, 단락마다, 문장에서
나무의 아픔, 나무의 인내심, 나무의 외로움이

말을 걸어오는 한 권의 책
책의 결말은 무엇일까,
평생 한 권의 책만을 써온 그에게
읽기보다 보기만 하는 사람들에게
나무는 푸르게 멍든 자신의 이야기를 높이 쓴다

03

자정子正의 무게

하루의 무게를 달 수 있다면
하루의 무게가 가장 무거울 때는 자정일 테지요
세끼 밥을 먹고
밥을 위해 일한 낮의 수고가 저울에 올라가 있을 테지요
일하고 밥 먹고 놀기 위해 쓴 시간 속엔
사랑하고 미워하고, 즐거운 삽화로도 채워지고요
온종일 그 무게가 어깨에 실려
퇴근길 소주 몇 잔에도
친구와의 수다에도
리모콘을 들고 TV 채널을 바꾸어도
위로받지 못한 채
어두운 미로처럼
시시각각 확산되는 캄캄한 밤의 부피처럼
자정이 가까워질수록 무거워집니다

하루의 무게를 잴 수 있다면
하루를 가장 가볍게 시작하는 때도 자정이겠지요
깃털처럼 가벼이
모든 것을 비우고, 모든 것을 지워서
무화無化로 돌아가는 시작의 의미가,
그 안에 언제나 생의 변환점이 반짝이겠지요
무겁거나 가볍거나 슬프거나 기쁘거나
그렇게 경계를 넘나들며 살아가는 것입니다

04

2016년, 가을

여름 지나 새 몸으로 바뀌려는지
보름달이 두 번이나 찾아오는 동안 몸살을 앓다
겨울 추위 속에
빈 가지를 하나, 둘 내던지며
푸른 하늘을 이고 깨어날 수 없을까 두려웠다
제자리가 낯설어졌다
걷던 길은 보이지 않는 터널이었다
낯선 터널 끝에 찾아든
가지 끝에 한 걸음 한 걸음 찾아든 내 생의 세레나데
육십 송이의 꽃망울이 억지 화음을 맞춘다
지나가던 사람들이 그래도

장하게 이쁘다고 한다
향기롭다고 한다
반짝인다고 한다
여백이 많아졌다고 하였다
새롭게 시작한다고

05

미장원에서

미용실 문을 열고 들어가면
어서 오세요, 떼창 인사가 힐끗 눈으로만 들린다
익숙한 냄새처럼 익숙한 수인囚人이 된다
가방도, 겉옷도 압수당하고
똑같은 옷으로 갈아입는다
문밖의 과거가 지워지는 순간,
나는 이 제복의 평등이 좋다
지저분한 일상들이 가위질과 함께
바닥으로 난삽하게 떨어지는
순서대로 방장이 되어 높다란 권좌에 앉아
버릴 것은 버리고 살릴 것은 살리는
웃자란 생각들
한 바가지 헬멧 속의 머리칼은 성질이 돋아
뽀글거리거나 구불거리거나 열을 내지만

누구는 잡지 속 연예인의 토크에 눈 장단을 맞추고
누구는 휴대전화를 열어 잠시 바깥세상으로 나가고
짬이 난 간수는 신문지 위에서 불어버린 짜장면을 먹는다
자, 이리 오세요
어린 목소리의 인도로 언제나 익숙해지지 않는
손이 필요 없는 호사를 감는다
홑이불에 싸여 황제의 침실로 옮겨지던 궁녀처럼
타올을 감싼 채 거울 앞 권좌로 옮겨진다
시험성적표를 받아들 듯 거울 보기가 민망하다
그녀는 늘 나의 머리칼에 후한 점수인 만점을 주고
내가 매긴 점수는 간신히 과락을 면하지만
또 웃자라는 생각들을 해결하려
다시 올 수밖에 없는 인연을 계산하고 문을 나선다

꽃이 지고 나면
너도 없다는 걸
왜 몰랐을까?

박하영

전남 함평 출생. 『창조문학』 시 부문 신인상 당선 등단. 현대수필, 분당수필 회원. 창시문학회 회장 역임, 문파문학회 고문. 수상: 창시문학상. 저서: 시집 『직박구리 연주회』 『바람의 말』

01

4월 어느 날

온통 하얀 꽃비가 내리던 날
꽃을 보겠다고 진해로 단양으로
누비며 돌아다녔다
세상이 이런 날만 있었으면 좋겠다고
깔깔깔 웃기도 하면서
분분히 흩날리는 꽃비에 취했다
집에 돌아온 날 밤 피곤한 눈을 감으니
꽃비는 아직도 무수히 휘날리며
나를 꽃 속에 묻어버렸다
꽃들은 용케도 나를 따라와
내 잠자리까지 스며들다니
난 꽃 보러 다닌 게 아니라
꽃 속에 숨어있는 너를 찾으러 다닌 걸
이제야 알겠다
꽃이 지고 말면 너도 없다는 걸
왜 그땐 몰랐을까
밤새도록 꽃비 맞으며
깊은 꿈속에 빠져들었다

02 세잔의 고향 엑상프로방스

프로방스의 옛 수도 엑상프로방스
세잔느가 자라난 정감어린 마을
그림을 그리지 않고는 베길 수 없게 만든 예술의 도시
미라보 거리엔 아직도 치솟는 로똥도 분수
아버지의 모자가게, 자주 다니던 제 듀 갸르송 카페
세잔의 흔적이 고스란히 남은 레 로브 아틀리엔
그의 손때 묻은 컵, 물병, 그릇, 석고상들이 그림처럼 보존되어 있고
그가 거닐던 정원에선 세잔느가 휴식을 취하고 있는 듯
그의 체취가 느껴지는 곳
맑은 하늘과 풍부한 햇빛
프랑스인이 가장 살고 싶어 하는 도시
그곳에서 꿈같은 하룻밤을 묵다

03 샤갈이 잠든 생 폴 드 방스

샤갈의 자취를 찾아 나선 생 폴 드 방스
바다가 한 눈에 내려다보이는 아담한 요새 도시
14세기의 모습 그대로 보호받고 있는 유적지
프랑스에서 가장 아름다운 마을로 손꼽히며

예술가들의 갤러리며 작업실이 70여개에 이르고
샤갈의 제자들이 지금도 많이 남아 작업하는 곳
작은 갤러리와 공방, 레스토랑, 예쁜 가게가 줄지어 있는 골목길
어디선가 예쁜 요정들이 금방 출몰할 것 같은 오래된 돌담집
담쟁이 넝쿨 속의 돌담벽, 앙증맞은 돌길, 분수길이 끝날 즈음
샤갈이 잠든 공동묘지에 이른다
머리 숙여 잠시 묵념 하고 샤갈의 무덤을 바라보노라니
사람은 가도 이름은 남는 법 그 이름 헛되게 하지 말아야지
교훈하나 새기고 돌아서는 길
이곳에 눈이 온다면 오랫동안 꿈꾸던 샤갈의 눈 내리는 마을을 보러
다시 한 번 이 아름다운 마을을 찾고 싶다

04

운주사 법문

숱한 세월 저 돌부처들은 하늘만 보았겠다
험한 비바람에 씻기우고 천둥벼락이 쳐도
꼼짝없이 그 자릴 지키며
허구한 날 종소리 목탁소리에 귀도 먹었겠다

산자락에 누운 와불
천년의 세월 속에 닳고 이지러진 모습
합장하는 나그네도 나 몰라라 하고

바람과 햇빛에 취해 깨어날 줄 모른다

네가 누구냐 난 너를 모른다
너 스스로 너를 찾아라

내려오는 귓가에
비로소 법문이 들리는 듯
나그네는
터덕터덕 왔던 길 되돌아 갈 수밖에

05

비의 두들김

비 오는 날 강가에 내가 서 있다
빗줄기는 난타하듯
강심을 무수히 두들기고
강가의 풀들은 쓰러져 흐느껴 운다
나무토막 같은 내 가슴이 여리게 무너져 내린다
심장까지 타고 내리는 빗줄기
비가 강물에 거침없이 투신하듯
내 영혼도 강물에 빠져들고 있다
세상은 온통 부옇게 흐려졌지만
신명나게 두들기는 저 빗줄기의 리듬

물보라를 일으키며 춤을 춘다
강가의 풀들 일어나 하하 웃는다
강가에 서 있는 나도 따라 웃는다
두들기는 비에 젖어 울다가 웃는 것이다

그대를 보내고 난 날은 더욱 그립다

입김
9월, 오후
사랑인 듯
가식
누락

전영구

충남 아산 출생. 『문학시대』 시 부문 신인상 당선, 『월간문학』 수필 부문 신인상 당선 등단. 국제PEN클럽 한국본부, 한국수필가협회, 가톨릭문인회, 문학의 집 · 서울, 대표에세이 회원. 한국 문인협회 감사, 경기시인협회 이사, 수원시인협회 부회장, 동남문학회 고문, 문파문인협회 기획실장. 수상: 제2회 동남문학상, 제2회 문파문학상. 저서 : 시집 『손 닿을 수 있는 곳에 그대를 두고도』 『그대가 그대라는』 『낯선 얼굴』 『애작』, 수필집 『뒤 돌아보면』

01

입김

폐의 잦은 솟구침
가름 불가한 온도의 식별
짧은 존재의 의문
나풀거리는 입술 사이로 태어나
미천한 모습을 드러낸 지 몇 초
그대는 그렇게 살았고
무언의 의식 따라
숨고르기에 묻혀 사라진다

냉한 세상을 향한 단 발음이었다는
초라한 의미조차
찾을 수 없는 탄식
생사를 갈라주는 계절이 두려워
서툰 몸짓 손안에 모으며
그대는 그렇게 사라지고
여지없는 몰락을 기다리며
나름의 생을 마감했다

02

9월, 오후

빗장 걸고
눈 감고
천상 아름답다는
꽃이 지는 소리를 듣자니
가슴속엔 온통
삶이 발산하는 비명만이 들린다

격한 다스림으로
눈을 떠
달빛보다 감동이라는
꽃빛을 담으려 하니
눈 시린 9월 태양이
메마른 눈물샘을 자극 한다

누군 복에 겨워 환희를 누리는데
박복한 마음속엔
마른 잎새만 가득 흩날린다
그대를 보내고 난 날은
더욱 그렇다

03

사랑인 듯

거기 어디서
애매하게 다가서는 실루엣 하나
밤낮 모르고 피어오르는
지친 허울
가슴 헤집어 꺼내 온
겨울바람 같은 갈증

여기 어디서
두서없이 건네 온 그리움 하나
잠시도 없이 비벼대는
그런 집착
가슴 흔들어 만든
겨울햇살 같은 시림

언제나처럼 바라보니
지금을 외면하는 원초적 본능
늘 그래왔다는 본질적인 불신
그 사랑인 듯하다

04

가식

닳아 해진 갈망이 꿈틀거리고
마음으로 매만져야 가라앉는
격정을 속으로 삼키면
때 없이 들쑤시던 열정이 소원해진다

초라하게 존재했던 사랑이
집요하게 속내를 헤집고 다니면
가슴 섶에서 걷어낸 욕망이
무기력하게 주저앉는다

허술해진 다짐을 다 밀어내고
미진한 기억조차 지워버리고 나서야
가슴에 담아 놓았던 사랑을
낮은 신음으로 떨쳐버렸다

더는 아프지 않게
지금은 이래야 했다

05

누락

고작 몇십 년 바라기에 뭐 그리 아프다구
뭐가 그리도 그립다구
아리기만 한 가슴을 부여잡고
애쓴 흔적은 여전한데
저절로 모습을 감춰
도무지 행방 모를 그 사랑이라는 것이

가슴을 쓸며
애를 태우며 지낸 시간이 길어질수록
아픔의 강도는 더한데
멍 자국 하나 없이 숨어버린
그 사랑이라는 것이

몇십 년이 지나
몇백 년 후에
다시 나타날지 모를 테지만

지금은
몸서리치던 기억 속에
흔적도 없이 누락되어 있다

그 내일은 지금의 내가 아닐 수도 있어

장의순

일본 동경 출생. 『문학시대』 시 부문 신인상 당선 등단. 한국문인협회 회원, 시대시인회 회원. 창시문학회 회장 역임, 문파문학회 운영이사. 저서 : 시집 『쥐똥나무』

01

초봄, 풀꽃들의 향연

햇님은 무지개 손
파란 손으로 쓰다듬으면
파아란 싹이 돋아나고
노란 손으로 쓰다듬으면
노오란 꽃이 피고
빨강 손으로 쓰다듬으면
빠알강 꽃이 피고
말간 손으로 쓰다듬으면
하이얀 꽃이 핀다

민들레 꽃다지 제비꽃 냉이꽃
이름 모를 풀꽃들이
하하 호호 후후 히히
간지럽다고 웃는다

꽃샘추위가 뭐라든
키 큰 나무 잎새들이 춤추기 전엔
우리들 세상이라고, 실컷 놀아 보잔다

02

바람 바람은

바람은
나를
슬프게도 하고
기쁘게도 한다

너로 인해

기쁨의 우주를 알았고

너로 인해

슬픔의 아득한 깊이를 알았다

슬픈 사람은
바람속에서 실컷 울어라지
기쁜 사람은
바람속에서 실컷 웃어라지

울고
웃고
마음속 찌꺼기
다 빠져 나가면 차라리 평온해 지겠네

03

늦가을의 풍경

아파트 단지를 둘러싼
산책길
황갈색 낙엽이 어지럽다

길 위의 마음도 허허로워
빈 가슴에
담으려는 애틋한 정을
경비 아저씨는
연신 쓰레받기에 쓸어 담는다

낙엽인들 잎이 아니랴 쓸어 무삼하리오*
옛 시인의 시구詩句를 표절하고 싶다.

---

* 원문: 낙화인들 꽃이 아니랴 쓸어 무삼하리오

04

허기져

늦가을 오후 5시
맞은편 고층 아파트 옥탑 위에 댕그러니 떠 있는

바알간 노른자위
먹고 싶다

시시각각으로
구름 속에 잠겨지는
해의 유희
눈부시지 않는 동그란 너의 모습 다시 보고 싶어
기다려도 기다려도 끝내 나타나지 않네

내일이면 또 뜨겠지
그러나
그 내일은 지금의 내가 아닐 수도 있어
우리의 인생도 구름 속에서 숨바꼭질 하는 해와 같으니

05

지난 길

길 위에 길이 있다
실체의 길과
마음에 길이다

앞이 훤히 트이거나
강줄기처럼

꾸불꾸불하기도 했다

그 길 위에
쾌지나칭칭
춤추며 지나는 사람
어이어이
무너져 목메어 우는 사람

긴 세월
기쁨과 슬픔이
켜켜이 쌓여
단단하게 간이 밴
그 길은
情과 情으로 다져진 개척자의 전설이다.

빈손의 풍요로움,
비로소 알았네

김안나

충남 서산 출생. 한국문인협회 이사, 한국수필가협회 사무국장, 한국문인협회 용인지부 부회장, 문학의 집·서울, 시계문학회 회원. 문파문학회 총무. 저서: 시집 『나는』 외 3권

01

합환수

부부 금실 상징한다는 자귀나무
밤새 무슨 일이 있었나
발그래진 볼

숨겨 놓은 관음증 고개 들어
살근살짝 어둠의 문풍지 침 발라 엿보다
밝아진 아침
다리가 풀리고 말았다

02

나무가 몸을 턴다

욕망에 몸부림치며
하늘로 하늘로 겁없이 쏘아올린 푸른 촉끝에
암울한 과거가 죽고
영원한 봄날이라고 축배를 들던 그대여
묵묵히 견디어 온건 바보라서가 아니라
기회를 주려고 인내하고 있었다는 것을 아십니까

따스한 온기 서로 비비며 진실하게 살기를 간절히 바랐기에
신뢰를 꼭 잡으며 가고 싶었는데

온갖 버러지들의 놀이터가 되어버린 길
단호한 이별을 선언합니다

저기 녹슨 선로 위를 달려오는 겨울로 가는 열차
그곳에 더부 살았던 위선의 부스러기까지 모두 실어 보냅니다
다시는 돌아보고 싶지 않은 시간
나 또한 남김없이 벗어 던지고
비록 날 살의 수치가 뼈 속 깊이 박혀도
썩은 마디 스스로 도려내며
순수하고 향기로운 자유를 키우기 위해
두 팔 올려 참회의 기도를 하렵니다
그러하니 그대여
이제 우리 스치는 눈빛이라도 마주 하지 않았으면 해요

03

땅끝 난간에 서서

하염없이 타오를 것 같던 열정이
서서히 바다로 가고 있다

물불 모르고 덤벼들었던 그 어느 한때에는
영원함이 없다는 것을 인정하지 못하고
매일 너의 허상에 동동거리며

가슴 시려해야만 했었는데

한 것보다 하지 못한 것이 많아
통통거리던 후회도 지치고
무디어진 감각 터덜터덜 끌고
땅 끝에 기대보니
뜨거웠을 사랑도 여기까지

04

너로 인해

햇살이 이토록 다사롭다는 것을
바람 결이 무척이나 보드랍다는 것을
탁한 눈동자 환해지고 있다는 것을
거칠기만 하던 숨소리 새근새근 녹아지고 있다는 것을

빈손의 풍요로움
맨발의 무소유
비로소 알았네
참선을

05

발톱을 깎으며

끊임없이 자란 쓸모없는 욕망을 깎는다
처음 순수가 퇴색되고
시커먼 속내 아닌 척 감추지만
서서히 뻗는 단단한 욕심
안일하게 방관하는 동안 깊게 파고들어
결국 피고름을 보며 가슴 칠 일 하기 전에
힘찬 돋음길 방해되지 않게
최대한 머리 조아려
잘라내야 한다.
조심스럽게
천천히

오늘은 조금 힘을 내도 되겠니

끈

똑딱 단추

A4

2월 16일

편 지

김태실

『한국문인』 수필 부문 당선 등단, 『문파문학』 시 부문 당선 등단. 한국문인협회 이사. 국제PEN클럽 한국본부, 한국수필가협회 회원. 문파문인협회 상임운영 이사, 카톨릭문인회 회원. 동남문학회 회장 역임. 수상: 제3회 동남문학상, 제8회 한국문인상, 2013년 한국수필 올해의 작가상, 제7회 문파문학상, 제34회 한국수필문학상. 저서: 시집 『그가 거기에』, 수필집 『이 남자』 『그가 말 하네』

01

끈

눈에 넣을 수 없는 샛말간 꿈
사각 창에서 빛으로 일어선다

끈이 운다 끈이 웃는다
나는 웃는다 또 웃는다

매일 톡으로 날아오는 젖빛 태양
내게 뜨는 행복의 해

유치원으로, 걸음마로
하나이면서 하나가 아닌
둘이면서 둘이 아닌 기쁨
가슴에 들어앉는 말간 빛에 묶였다

나는 누군가의 끈이다

02

똑딱 단추

바람은 가슴으로 들어와 켜켜이 탑을 쌓고
햇빛은 사이사이 진득하게 내리는데
성큼 건너뛰는 시간의 걸음

우주 속으로 들어가는
세월의 가벼운 발걸음
하나둘 꽃잎 흩날리고
마른풀은 저만치서 손짓하는데
같은 말만 하는 단추

열 때나 닫을 때
아침이나 밤이나
다른 말은 할 수 없어
똑딱, 똑딱

생의 문 출발해 같은 곳을 향하는 무리
벗으려 해도 벗을 수 없는 옷이다
가을이 가는 길목에 똑딱
삶의 노래만 발짝을 뗀다

03

A4

달콤하거나 매운 내 진동하는 바다
바람의 채찍질에 달리기를 멈추지 않는 말처럼
철석이며 꿈틀대는 파도 그린다
우뚝 서 있는 등대
나선형 계단 밟고 오르며 삐걱대는 소리 줍고
물새 발톱에 할퀸 바람의 핏방울 두둑 떨어지는데
지켜보는 햇살에 거듭 마르는 파피루스
언뜻언뜻 비치는 작은 불빛의 하루
깊은 이름 부르며 어설프게 수놓는
깨알 같이 이어지는 숨소리
노을 진 오늘 받아 안는다
건들바람에 움츠린 서툰 그림으로 앉을 때에도
비바람 겁내지 않는 나무 밑동 되어
지그시 가슴 여는 종이 한 장
말 한 마리 뛰어 놀고 있다

04

2월 16일

축일, 겨울의 끝자락 봄이 멀지 않은 날 김수환 추기경 축일 성인들은 돌아가신 날을 기념해

동주, 그의 죽음도 2월 16일이지 그의 소망을 우리는 들어야 해 혹독한 어둠이 덮쳐 찬 시멘트 바닥에서 가물거리며 꺼져간 시인

그날을 축일로 정한 또 한 사람, 겨울의 입김은 야속 했어 서서히 온기를 빼앗아 가던 기억 영화의 막은 이렇게 끝나는 거란 걸 생생히 보여 주었어

시간의 거리를 넘어 한 눈에 알아봤을 만남, 이들은 새로운 나라에서 한 식탁에 마주앉아 있겠지 같은 축일을 서로 축하하고 있을지 몰라

05

편지

아침마다 창가에 뿌리는 새의 깃털 잠자는 공기 등에 소리 찍는다 바람에 날아간 마음 그 속에 자고 있는 별자리 하나 먼 나라 이야기에 귀 기울인다 매일 들려오는 날갯짓, 알아듣지 못하면서 누구인지 알아 볼 수 없으면서 당신이라는 생각

새야
그 이름 일어서게 하는 기별
오늘은 조금 힘을 내도 되겠니

허공을 긋는 바람 한 점 막 돋은 새 순 가지로 끄덕 인다 달보다 먼 곳에 배달할 안부 한 통 짊어지고 푸른 발짝 떼는 어린 체부 봄 그네에 몸 싣고 눈물짓는 모습 보고 있을 눈동자

오늘도 해 저문다

칭칭 감아 맨 상처 같은
의자 하나 덩그렇다

한윤희

서울 출생. 『문학시대』 시 부문 신인상 당선 등단. 한국문인협회 서정문학위원, 문파문학회 운영이사. 시대시인회, 호수문학회 회원. 저서 : 시집 『물크러질 듯 물컹한』, 동인지 『문파대표시선』 『숨비소리』 『내 안, 내 안에서』 외 다수

01

네 발바닥으로 쓴 시

목 감은 줄 팽팽해지도록 공원 길 걷는다
나무 밑둥, 얼룩진 오물 자국 앞
사뭇 진지해지는
코, 깊이 들이밀며
몸, 낮아지고 낮아진다
안에서 나오는 짙은 숨

그는 이미 알고 있었다
시는 어둡고 축축한 곳에 몰려있다는 것을

다시 풀 밭으로 뛰어들어
온몸의 촉수를 열고 부비다가
솜사탕같은 민들레 홀씨 한 입에 털어 넣었다
언어가 몸 속으로 들어간것처럼
부르르 떨리는 몸

언젠가
이 산 저 산에 피어

02

찌그러진 컵

마켓 앞, 하늘만큼 넓은 사무실
칭칭 감아맨 상처 같은 의자 하나 덩그렇다

오늘도 눈처럼 시리고 눈부신
플라스틱 컵 하나 받쳐 들고 출근한다

생명줄 같은 컵 신모시듯 모시고
절룩절룩 절룩거리며

마켓을 나온 바구니 따라 굽실굽실
본죠르노 시뇨라!*

마음 밀고 가는 소리
동전 한 닢 바닥에 닿는 소리

절룩거릴수록 무거워지는 컵
찌그러질수록 무거워지는 컵

생각해보면
저 컵만 찌그러진건 아니야
저 컵만 절룩거리는건 아니야

---

* 본죠르노 시뇨라 ! : 이태리어 '안녕하세요, 사모님!'

03

또, 바람이 분다

쉥 쉥 쉥

바람은 무슨 말을 했는지
소나무 머리채 뒤흔들며 웅성이고
머지않아 부셔질 병든 나뭇잎
골방에 떨어져 터렁거리고

바람은 무슨 말을 했는지
화들짝 놀라 계단에서 굴러떨어진 화분
부러진 한 쪽 팔 붙들고 가까스로 몸 일으키니
바닥에 흩어지는 울분, 하늘을 덮는다
젖은 흙 속에서 깨어난 개미들
서랍에 넣어둔 촛불, 다시 켜들고
광장으로 쏟아져 나온다
뜨거워지는 주먹
다시 홍건해지는 거리

바람은 무슨 말을 하고 있는 건지
바람은 무슨 말을 하고 있는 건지

04 열두 개의 모서리

물컹물컹한 것이
손을 갖다 대기만 해도 뭉그러진다
열두 개의 모서리, 모서리가 없다면
칼같이 날카로운 모서리가 없다면
그는 허물어진다
모서리에 의지해 여기까지 온 것인가
네모난 틀에
콩 갈아 놓은 듯 흐물흐물
무늬도 색도 없는 자기를 부어
직사각을 만들고
입술 하얘지도록 그렇게 힘주더니

그것뿐이다
세상이 세운 모서리

05 잿빛 변주

첼로의 중저음
차 안 공기를 누르며 무겁게 울린다
광화문 비가가 울려퍼지는 하늘

차가운 바람이 황망히 쓸어간 자국
대곡역 역사 위로
때마침, 잿빛 무리들
갈 길을 아는지 모르는지
무거운 날개 허우적거리며 날아 오르는데
간신히 어둠 뚫고 나온 삼 호선 열차
휘어진 몸으로 다시 터널 속으로 끌려간다
운전대가 흔들린다
시야는 희미해지고
허공에 손뻗은 빈 가지들
차 창 안으로 얼굴 밀어넣고
묵묵히, 내 안을 들여다보고 있다

꿀맛 같은 시를 쓰고 있는 지금

백미숙

제주시 출생. 『한국문인』 신인상 시 · 수필 등단. 한국문협동인지 연구위원, 한국수필 부이사장, 문파문학 명예회장. 국제PEN클럽 , 문학의 집 · 서울 회원. 창시문학회 회장 역임. 수상: 창시문학상, 새한국문학상, 황진이문학상 본상, 문파문학상, 한마음문화상 외. 저서 : 시집 『나비의 그림자』 『리모델링하고 싶은 여자』, 공저 『한국대표명시선집』 『문파대표명시선집』 『성남문학작품선집』 『새한국문학상수상작선집』 『한국수필대표선집』 외

01

공간空間속에서

가쁜 숨결이 흐른다
화산처럼 부풀어 오르며
금방 터질 것 같은 빨간 풍선처럼
불안한 자욱을 디디고 누워 있는
하늘과 땅 사이에 심어진 생명의 여음

쫓아오지 아니하고 채찍질하지 않는데도
숨을 빨아들일 듯 숨 가쁜 슬픈 고독이
새하얀 어둠 속에서 바람개비처럼
나의 영혼을 빙글빙글 돌리고 있다

슬픔도 기쁨도 노여움도 아쉬움도
연륜年倫속에 낙엽처럼 차곡차곡 쌓이고
푸르스름한 달무리처럼
기어이 사라져야 할 순간을 생각하면

슬며시 치켜드는 생에 대한 권태로움이
나에게로 나에게로 육박해오는데
대롱에 매달려 방울방울 떨어지는 생명수가
하얗게 핏기 잃은 살갗 속으로 스며들고 있다

02

감성感性이 아프다

나룻배를 버리고 쾌속정을 타고
반짝이는 별빛을 보며 달려가지만
변화하는 문화는 하늘을 가르는
전광석화電光石火처럼 빠르고
은하수의 별들은 찾을 수가 없다
냇물의 흐름에 감성을 맡기고
뭍으로 올라오지 못하고 용틀임 치고 있는 나,

유월의 불같은 태양처럼
타오르는 창작의 열기로
무지개 같은 시어詩語를 만들고
분수처럼 뿜어 오르는
반짝이는 소망으로
돌 틈에 숨어있는 애벌레 같은
풀꽃 향기를 만지며
사유思惟의 숲속을 걷고 있다
미움 원망 좌절을 버리고
사랑하며 용납하고 참회하면서
감동으로 그리는 시어를 찾아보려 하지만
나는 오늘도 캄캄한 꿈속을 헤매며
좌절의 시간을 보내고 있다

시詩답지 않은 시, 잡초 같은 나의 시어들,
파도에 씻겨 아파하며 자라는 진주眞珠처럼
어두운 갯벌에서 텅 빈 속 가득 채우는
맛있는 조개처럼
잡초 틈에서 허브 차의 향내를 뿜어주는
노란 들꽃처럼
꿀맛 같은 시詩를 쓰고 싶은 지금,

창작의 늪 속으로 빠져드는
감성이 너무 아프고 외롭다

03

그 집

북쪽 하늘에서 까아만 구름 연기처럼 피어오르며
천둥소리 요란하더니 폭풍우로 변했다
올빼미 눈을 뜨고 무리 지어 달려드는
섬뜩한 번개가 벼락을 때린다
앞마당 가운데 우뚝 버티고 서 있는
대들보 같은 느티나무 뿌리째 흔들리고

새빨갛게 불꽃 피우며 타오르던
숨차게 달려온 핏빛역사의 시간들 허물어지고

폭포수처럼 쏟아지는 폭우에
조상의 영혼이 깃들어있는 수십 년 된 그 집
왕창 와르르 산산조각 부서지고 있다

폭우에 날개 부러진 공작새 한 마리
남몰래 간직한 외로운 슬픔으로
처마 끝에 매달려 파르르르 떨면서
무지개 같은 깃털 실핏줄처럼 엉킨 채
놀란 눈망울로 슬프게 바라볼 뿐
침묵이 흐르는 그 집 폭풍 소리만 요란하다

이웃집 사람들 안타깝게 지켜보며
어찌할까 망설이며 우왕좌왕 시끄럽다

04

고향 냄새

할아버지 제삿날 아궁이 앞에 앉으면
까만 무쇠솥 뚜껑 열어보지 않아도
구수하게 번지며 군침 흘리게 하던
새하얀 쌀밥 냄새

올망졸망 울타리 쌓아 올린

할머니의 초가집 돌담 사이로
솔솔 스며들며 입맛 다시게 하던
노랗게 영글어가던 감귤 냄새

하얀 거품 부서지며 꿈틀대는 바닷물
휘파람 내쉬는 해녀의 숨비소리 삼키며
전복 소라 가득 담긴 태왁 꽉 껴안고
짜릿한 포만감에 출렁이던 갯바위 냄새

사립문 앞 감나무이파리 바람처럼 나풀거리며
차곡차곡 쌓이면서 떨어지는 계절이면
어머니의 젖무덤 같은 뒷산 봉우리에
영혼처럼 붉게 타오르던 저녁노을 냄새

05

외선순환열차

정전기에 감전되어 까무러칠까 두려운
뼈대만 앙상한 나뭇가지에
송글송글 하얀 눈이 꽃처럼 매달려
바들바들 떨고 있다

움켜잡을 수 없는

녹슨 열쇠고리 같은 날선 바람이
잽싸게 한 손을 내밀더니 한순간에
눈꽃을 훑으며 사라졌다

쏟아져 내리는 모래시계처럼
방금 외선순환열차가
2016년 마지막 丙申역을 통과했다
다음은 丁酉역
삶의 두께에 나이테 하나 더 새겨지며
모래시계를 뒤집어 놓을 시각

지금 나는
종점 없는 순환열차를 타고
쉬지 않고 달리고 있다
무엇을 위하여
이디까지 가야 할지
알 수 없는 旅程이지만…

말을 멈추고
비는 내렸다

운산
최정우

경기 안성 출생. 『한국문인』 시 부문 신인상 당선 등단. 한국문인협회, 경기시인협회, 동남문학회 회원. 문파문학회 사무국장. 수상: 제9회 동남문학상. 저서: 공저 『시간 속을 걸어가는 사람들』 외 다수.

01

막의 경계

비닐 봉투가 아이 손에 들려져 있다
들려진 얇은 막 속에 금붕어가 숨을 쉬고 있다
살아서 움직이는 눈이
나를 본다
눈이 하나밖에 없다
눈 속에 비춰진 내 모습이 아프다
내가 서 있는 공간 속에 비닐을 투과시켜본다
금붕어의 눈 속에 갇혀 있는 나를 본다
건물 속에 갇혀서 금붕어의 눈 속에 서성였다
비닐을 사이에 두고 눈과 눈이 긴장한다

막의 경계가 금이 가기 전까지의 일이다

비닐 속에서 쏟아지는 한 줌의 물속에 금붕어가 떨어진다
마른 바닥에서 펄떡이는 흙덩이가 나를 본다
건물 속에 갇혀있는 금붕어의 눈 속에서 내가 퍼득인다
건물 밖의 공간이 퍼렇게 내 목을 조여 온다
내 호흡이 길바닥에 펄떡거렸다
눈을 감았다
내 눈 속에 들어앉은 공간이 사라져 갔다
가상현실처럼 쉽게 사라졌다
꿈인지도 모를

02

물속의 잠

수면 위로 시간이 흐른다
물속에 집을 짓고 시간 속으로 들어갔다
공유하기 싫은 몸뚱이가 구석에 놓여있다
지루한 오후가 스멀스멀 지나가자 앞 지느러미가
손톱 모양으로 조금씩 돋아났다
돋아난 만큼의 물이 증발되고
의식 없이 심장 소리가 꼼지락거렸다
최초의 반항이었다
몸이 미세하게 떨려왔다
물속에 몸이 녹아 들어갔다

잠속으로 시간이 들어간다
발바닥이 투명한 물을 젓는다
발바닥의 자유만큼 생명이 꿈틀댔다
옷을 벗고 수족관으로 들어가는 시간이 점차 늘어났다
상처 난 침묵이 물속에서 흔들렸다
지느러미를 길게 늘어뜨리고 지나가는 밤마다
벽에 막힌 하루가 멈춰 섰다
마주 서서 물에 비춰진 입술을 바라본다
말이 기포처럼 새어 나온다

오늘만큼은 나도 물속에서 잠을 자고 싶다

잠이 물속에서 출렁 인다
먹다 버린 찌꺼기가
투명한 유리 속에서 푸른 이끼로 돋아난다

03

자유낙하

도시가 만들어 놓은 골목길 어딘가
우산 위에 떨어지는 빗방울이 아프다

구르는 것의 비명
자유롭게 자유낙하가 내린다

혈관을 타고 어둡고 깊은 곳까지
거침없이 내리는 빗물

내리고 싶은 것의 자유
높이 바라보지 않고 낮은 곳으로 흘렀다

뼈와 뼈를 거쳐 지구 끝
강물 위에도 비가 내렸다

강물 위에 떨어지는 빗방울이

강물 속에서 헤엄쳐 내렸다

헤엄쳐 바다로 비가 들어간다

자유로운 자유낙하
콘크리트 창문 밖에서 도시를 두드리던 날

한번 떨어지고 싶은 자유
도시가 떨어졌다

04 새

대청마루에 앉은 나무가
새 한 마리 그려 넣는다
새의 발가락이 나뭇가지를 닮았다
심장소리가 듣고 싶다

05

비밀

말을 멈추고
비는 내렸다
눈을 뜨고 바라보는
입의 움직임이 그리웠다
정지 한 채로
머리에서 발끝까지
비는 내렸다
젖은 눈에서는
말이 자라나지 않았다
바다 속으로 들어갔다던
눈물
눈물만 툭
기호처럼 가슴에 새겨진
말을 할 수 없는
말

회색 구름에서
나를 건져 올렸다

서선아

대구 출생. 『한국문인』 시 부문 신인상 당선 등단. 한국문인협회 위원, 경기시인협회, 문파문인협회 회원. 동남문학회 회장 역임. 수상: 제5회 동남문학상. 저서: 시집 『4시 30분』 『괜찮으셔요』.

01

희방폭포에서

하늘을 오르는 가파른 계단
천근 짐 진 듯 몸을 옮긴다
마지막 몇 계단 지옥이다

귓전에 들리는 물소리
힘을 얻어 오른 길 끝
물보라가 만든 물 비단 한 필
반갑다 여기서 날 기다리다니

폭포는 망설임 없이
아득한 아래로 내려 뛰는데
속세에 닫힌 마음
바라보며 또 생각을 해봐도
난 용기가 없구나

뛰어내려야
바다로 갈 수 있다는 걸

02

강을 건너야 하는

그녀 폐 속에 배표가 배달됐다
배타기 전에 하여야 할 일들이
그녀를 재촉한다

정년기념 전시회도 하고
아들 장가도 보내고
저 강을 건너기 전 해야 할 일이 너무 많다

종종걸음치다 넘어졌다
뼛속까지 배표가 배달되고 말았다
기적이라는 이름으로 배표를 물리고
간혹 더 있다가 타는 사람도 있다는데

손 묶인 중환자실 침대에서
이젠 꼼짝없이 배 출항하기만 기다린다

마지막 인사 간 친구에게
허공에 빛을 던진다
돌아오는 길
요단강 건너는
뱃고동 소리 들린다

03

빈 둥지

먹이 달라고
짹짹대고 뭐든지 주는데로
맛나게 받아먹든 예쁜 아기 새들
제자리에서 폴짝폴짝 뛰더니

이젠 제법 멀리 날아
알아서 모이도 찾아먹고
하루 종일 울지 않고 잘 논다
집보다 친구가 더 좋다

쵸코렛 간식으로 불러보아도
본척도 안는다
할머니 저 바빠요
문 닫고 뛰쳐나가는 뒷모습

두고간 깃털 몇 개만 날아 다니는
휑 한 둥지

04

오동도 동백

청자빛 바다 안고 서서
흰 눈 펄펄 날려도
붉은 입술로 단장하고
님 기다리던 날들

빛나는 날
잠시 다녀간 님 뒤
눈물 머금고 몸을 날려
바닥에 누워 붉은 가슴
그대로 안고 있구나

기다림 또다시 길더라도
온 마음으로
기다린다

05

삭풍 부는 들판에서

발가벗은 몸으로 들판에 서서
삭풍을 온몸에 안고
외줄을 탄다

뒤돌아보니 내 발자국
눈밭에 선명한데
저 눈 녹으면 내 시린 겨울
아무도 기억 하는 이
없을 것 생각하니

차라리 화산으로 폭발해
그 위를 걸었다면
용암 굳은 뒤 내 발자국 남지 않을까

기도하듯 꼭
움켜잡아야 한다
장미꽃이 피기 전에…

수술실 문

하늘에서 죽음이 떨어져 내렸다

달개비 꽃

곡선의 경계선

겨울나무

이규봉

충북 제천 출생, 한양대 대학원 졸업. 『한국문인』 시 부문 신인상 당선 등단. 한국문인협회 윤리위원, 경기시인협회, 문파문인협회 회원. 동남문학회 회장 역임. 사진예술 회원, 寫藝 작가. 수원교구 가톨릭사진가회 교육위원. 수상: 제6회 동남문학상. 저서: 시집 『울림소리』

01

수술실 문

하늘 문이 스르르 닫긴다

너는 하늘의 구름 위에서
나는 땅 위의 계단에서

너는 조각구름을 타고
구름 위에 펼쳐지는 절대 고독을
오직 혼자서 감내하여야 한다

예리한 칼날의 춤사위에
너도 따라 춤을 추어야 한다
미세현미경이 살 속을 들여다보고
레이저 광선이 몸속을 통과해도
너는 오직 무저항 비폭력으로 맞서야 한다
하늘 문이 다시 열려
네가 구름 위에서
땅끝으로 발을 내디딜 때까지

나는 꽃샘추위에 몸을 떨며
타고 있는 시간의 등불에 손을 감싼다.

02

하늘에서 죽음이 떨어져 내렸다*

히로시마 공원에서 다시 만났다
승자는 도열한 수십만의 죽은 관중 앞에
흰 카네이션 꽃을 바쳤다

공원 한쪽에는
검은 버섯구름 속으로 빨려 들어간
중학생의 교복이 걸려있었다
한 소녀가 죽는 날까지 접었던 천 마리 학이
칠십 년의 긴 울음을 울어내고 있었다

게임의 승부와는 아무런 상관없이
끌려온 이웃 땅의 수만 노무자
그들의 모자 위에도
하늘에서 죽음이 떨어져 내렸다
남의 땅 한 구석에
있는 듯 없는 듯 잠들어 있었다

소녀가 접은 천 마리 학이
히로시마 하늘을 더 높이 더 멀리 날려면
탐욕의 공을 잡았던 손바닥을 비누칠해
말끔히 씻어 내려야 한다
그리곤 가시 돋친 장미대궁을 두 손으로

기도하듯 꼭 움켜잡아야 한다
장미꽃이 피기 전에

* 2016년 5월 27일 오후 5시 38분 버락 오바마 미국 대통령은 히로시마 평화기념공원 원폭희생자 앞에 흰 카네이션을 바치고 '하늘에서 죽음이 떨어져 내렸다'고 했다.

03

달개비 꽃

청상의 별이 간밤에 흘리고 간
두 줄기 파란 눈물

우리는 흙먼지 나는 신작로에서
어깨띠를 두르고 싸움터로 가는 형들에게
박수를 치고 만세를 부르며
죽음의 환송식을 하곤 했다

밤이 새면 전쟁터로 신랑을 내보내는
우리 집 맞은편 새댁
닭장에 가 수탉의 새벽 목을 조였지만
예정된 날은 속절없이 밝아왔다
그길로 집 떠난 신랑

바람의 유서만 남긴 채 말이 없다

지붕에 둥근 박이 달빛에 떠오르면
새댁은 달과 박을 따다 다듬잇돌 위에 올려놓고
첫닭이 울 때까지 밤을 홍정한다

한 해가 저물자
친정에 다녀오겠다며 집 나선 새댁
풍문엔 달개비 꽃이 되었다고

04

곡선의 경계선

곡선은 성숙하다
한 해를 하루 남겨놓은 겨울 아침
검은 현란을 덮으라고
하늘은 밤새 선물을 골고루 뿌렸다

반쯤 얼은 호수에 어머니 숨결 같은
하얀 햇살이 쏟아진다
보석처럼 반짝이는 물결이
세상의 소음을 빨아드린다

숫눈 덮인 얼음과 원시의 검푸른 물이
경계를 빚은
성숙의 긴 곡선
여인의 몸매처럼 온전하다

광장의 밤을 달구는 경계선이
오늘 아침처럼 고요하고 부드러우면
올겨울은 떨지 않고 날 수 있겠다

곡선의 경계선 따라 새 한 마리 지나간다.

05

겨울나무

혼돈의 땅 위에 초병처럼 서서
선체로 별무리를 바라보다가
선체로 아침 해를 맞는다

얼음 강물에 서 있는 소양강처녀*처럼
기다림의 열꽃 뿌리에 갈무리하고
온몸으로 바람과 마주 선다

가지 사이로 바람이 말처럼 달려도

윙윙 우는 건 바람일 뿐
나무는 울지 않는다

눈이 덮이고 녹은 눈이 또 얼음이 되어
온몸을 가두어도
신음을 내는 건 얼음일 뿐
나무는 떨지 않는다

숨결 닿지 않는 곡선의 극점에서
기다림의 나이테 무지개처럼 늘려
안으로 안으로 생명의 움 촉 틔우며
봄 햇살을 클릭할 마우스를 손에 잡는다.

---

* 남이섬에 있는 처녀 상

그의 영혼이 갈구한 것은…

날 개

강 남 역 1 0 번 출 구

웃 음 소 리

'배부른 돼지보다 배고픈 소크라테스'가 되고 싶은

곡 성

박서양

서울 출생. 가톨릭대학교 국어국문학과 졸업. 『문파문학』 시 부문 신인상 당선 등단. 한국문인협회 회원, 문파문학회 부회장, 호수문학회 회장. 저서: 시집 『리허설』

01

날개

전신 수리 들어간 회갑육신 거실 소파에 누이고,
중국 윙슈트 경연대회 본다.
인간이 날다람쥐처럼 상공을 날아다니는 화면
일상보다 일탈 오로지 자신만을 위해 올인한 순간
싱싱한 육신 명쾌한 영혼 허공을 휘저으며
살아숨쉬는 기쁨 만끽하고 있었다.
억! 아하!! 감탄 연발하는 순간
어느새 바뀌어버린 화면
서른다섯 여배우가 22살 연상 유부남 영화감독과
날개달고 훨훨날아 태평양을 건너가 버렸다
두 사람 날아오르며 훌훌 털어버린 날갯짓에
패대기쳐져 땅위를 뒹구는 남겨진 이들의 깊은 상처
날다람쥐 사라져 휑한 허공에 그림이 그려진다.
열정 사그라져 버린 뒤
처절한 후회 비루하게 이어질 나머지 생
죽음보다 강렬한 공포로 다가올
날개잃은 추락의 참혹한 현장

02

강남역 10번 출구

1. 강남사거리
고디바 The body shop 이벤트 미 의원
숯불고기 주는 집 육쌈냉면 다이소 매장 입구
밀크 뮤직타운
오월폭염 부적절한 무더위가 뿜어내는 생경한 햇살
무심하게 널려있는 간판위로 쏟아져 내린다
휑하게 뚫려버린 사회안전망
위험수위 훌쩍 넘어선 분노조절장애
각양각색 메모지 글귀로 미세먼지 바람타고
절규하는 곳 강남역 10번 출구
희생 모면한 여성들 피켓 올린다
"여성 혐오 멈춰라"
추모의 자리 난데없는 여혐남혐 다툼에
흰 국화다발 천천히 몸을 돌려
낮고 낮은 바닥으로 흩어져 버리고

2. 해우소
늦은 귀가 애터지게 기다리는
불면의 시간 새벽 1시
그 시간 딸아이 묻지마 범행 희생양되어
피바다 찬바닥에서
처참히 숨을 거두웠다면

'피해망상' '관계망상' 절대적 믿음으로
'살인의 쾌락'으로
피를 부른 자가 최악의 비극 연출해 낸
근심 푸는 곳 해우소

03

웃음소리

마을 공터 모랫바닥에 몸 누이며 뉘엿뉘엿 지는 햇살
일상 지루했던 듯 꾸벅거리는 놀이기구의 그로테스크
썰렁한 벤치에 삐뚜름히 걸터앉아
깡소주 벌컥벌컥 들이키던 사십 대 실업자 사내
먹잇감 찾아 굴려대는 눈동자 으시시하다
한눈에 들어온 건너편 환한 불빛 한 가구
창문 너머로 튕겨져 나온 깔깔대는 여인의 웃음
맹수의 두 눈에서 시퍼런 불꽃 튀더니
벌떡 몸 일으켜 소리의 근원 찾아 나섰다
狂氣로 무장, 흉기 거머쥔 손목에 불끈 힘주고
열려 있는 현관문 밀쳐내고 식탁으로 돌진
일가족 몰살, 웃음꽃 저녁 만찬 피바다로 물들기까지
걸린 시간 고작 10분
"어찌하여 이 범죄자는 살인을 자행하고 말았지?
강탈이나 할 생각이었는데. 그의 영혼이 갈구한 것은

강탈이 아니라 피였다. 그는 비수의 행복에 목말라 있었던 것이다"[1]

일반 속에 숨어있다 가면 벗고 본색 드러내는 1%
신의 영역 이탈한 그가 수갑 찬 채 입을 열었다
'내 안에 악마가 살고 있다. 그 악마가 시킨 짓이다'
'그대들에게 청하노니, 분노하지 말기를,
피조물은 모든 피조물의 도움이 필요하다네'[2]

---

1) 『차라투스트라는 이렇게 말했다』
2) 『검은 토요일에 부르는 노래』

04 '배부른 돼지보다 배고픈 소크라테스'가 되고 싶은 - 인디언 보호구역

일 안 해도 평생 살 집 주고요 4인 가족 사백만 원 생활비 거저 받구요

하늘 찌를듯한 거목들 둘러친 수풀림 마을

배움터는 달랑 한군데, 열악한 교통수단, 멀고 험한 길 걸어서 갑니다.

가옥들 뚝뚝 떨어져 친목 집회 시위는 꿈꿀 수 없고요,

노예들도 품고 나온다는 '권력의지' 발동할세라 밥만 먹고 멍청히 살다

소리소문없이 사라지라 얼러댑니다.
빼어난 청력으로 나이아가라 폭포 발견한 우리
나무만 수백 년 팔아먹어도, 석유만 펑펑 터뜨려 줘도
먹고 살 걱정 없는 드넓은 땅덩어리
'거대한 권력'에 사육되어진 우리가
내 땅 도로 내놓으라 큰소리 뻥뻥 칠 날 있을까요
계란으로 바위를 깨뜨릴 수 있다면 모를까
낙타가 바늘구멍 통과할 수 있다면 또 모를까요
'지붕 없는 감옥'에서 원주민 인디언 일동

05

곡성哭聲

남쪽 마을 곡성군 아파트단지 공무원 퇴근길
마중 나온 가족과 환하게 눈 마주치려던 순간
19층에서 떨어진 날벼락
소주병 하나 임신 중 아내 앞에서 박살 나더니
뒤따라 몸을 던진 20대 공시 낙방생 40대 공무원의 몸을 덮쳤다
6살 사내아이 죽어가는 아빠 앞에서 팔딱팔딱 뛰는 모습
카메라에 잡혔다
화면 뇌리에서 사라졌어도 고문하듯 귓가를 맴도는 단말마 비명
다급한 맘으로 신에게 물었다
남은 가족 도대체
어쩌실 거냐고

내면의 온도를 저울질한다

쑥 국

벽

침 묵

날 마 다

고 착 화

전옥수

부산 출생. 『문파문학』 시 부문 신인상 당선 등단. 동남문학회 회장 역임, 문파문학회 운영이사. 수상: 제10회 동남문학상. 저서: 공저 『하늘 닮은 눈빛 속을 걷다』 외 다수

01

쑥국

ATM 기계 옆
등굽은 전령사 쪼그리고 앉아
봄을 팔고 있다
수줍음 소복이 쌓인 봄을 만지작거리다
이천원에 한 바구니 담았다
꽁꽁 여민 내 봄
손 끝 붉히며 시작된 열병
바글바글 끓어오르는 된장 국물에
후루룩 풀어 놓으니
구수하게 일어나는 얼굴 하나
오늘 저녁 식탁엔
내 어머니의 봄이
풀빛 아지랑이를 피운다

02

벽

문자 수신음이
줄줄이 뱉아 내던 까칠한 모래들
넌지시 속마음 내민 답문 한 줄이
모난 돌이 되어 되돌아 온다

꼿꼿이 고개든 무지가
벽으로 우뚝 세워졌다
통화 버튼을 꾸욱 누른다
바짝 날이 선 쇳소리가
곧아있는 목을 통해
전화기 속에서 침을 뿌린다
미로 속을 더듬다
두꺼워진 벽 앞에 멈췄다

숨이 턱 턱 막힌다

03

침묵

참꽃 빛 원피스를 입은 그녀의 낯빛이 노랬다
덜컥 토해내는 담즙이
저 아랫역에서부터 기별 없이 찾아 왔단다
얼기설기 엮여진 혈관 비집고
췌장에 붙어 서식하던
불한당 같은 검은 세포 덩어리
진술을 완강히 거부하며 묵비권 행사 중이다
주치의의 심상찮은 발걸음
알 수 없는 수사 기록들만
병실을 날아다니고

흐느끼는 그녀의 통증에
침대 시트만 하얗게 젖는다
등줄기에 붙은 숨 가쁜 악몽 점점 거세져도
여전히 침묵하던 그놈은
음료수 박스를 손에 들고 찾아온
얼굴들만 빈손으로 만나고 있다

04

날마다

정보와 자본을 독식한 바벨탑 한 동
에덴동산에 세워졌다
톡톡 던져지는 손 끝 세상
그에 열광하며
꼬박꼬박 월사금 상납하던 광신도들
푸른 눈의 아바타에 굴복 당했다
오라에 묶여버린 눈과 손
허옇게 퇴색된 뇌세포
잉여 속을 헤엄치던 그들
아메바처럼 서서히 세를 불리더니
어느새 전능하신 교주가 되었다
날마다
선악과 한 알 손에 들고 산다

05

고착화

오래된 예배당
후미진 성지에 빌붙어 서식하던 이끼들
밤새 들락거리던 컴퓨터 속에서
가까스로 건져 올린
때 묻은 진리 한 줄 읊조리며
칭얼대는 간청 소리 구슬프다
벌겋게 달아오른 혈기로 귓전 달구는 새벽
하늘 향해 붉은빛 밝히는 십자가
피뢰침에 매달린 탐욕의 성 높아만 가고
부풀어져 가는 맘몬 신의 만행은
검은 성의 속에 꼭꼭 숨겨둔 채
율법이라는 잣대로 실선 그어댄다
떨쳐내지 못한 인내와 후회
앞뒤 다퉈가며
내면의 온도 저울질한다

아득한 기억의 화살로 날아든다

홍승애

경기 수원 출생. 『문파문학』 시 부문 신인상 당선 등단. 한국문인협회, 호수문학회, 문파문인협회 회원. 저서 : 공저『바람이 만지작거리는 나뭇잎』 외 다수

01

트럼펫

세월에 묻힌 시간 속
해묵은 빗장을 열고
잠자던 영혼 부스스 눈을 뜬다.
귀가 열린다.

푸른 땅거미가 짙게 내리고
밤하늘 별빛도 숨죽이는 큰 울림이
아련하고 애달픈 파장으로 울려 퍼지면
백색 날갯짓 꿈의 사다리를 밟는 뮤지션,
캠퍼스 안 젊은 학도의 민감한 호흡이
오선지 옥타브를 오르내리며 숨 고르기 한다.
어느 젊은 병사의 죽음의 노래 같은
긴장이 감도는 초저녁의 애수
어둠과 빛의 큰 울림이
오롯이 품어지는 화려한 날갯짓,

아득한 기억의 화살로 날아들다.

02

단양, 바람소리

그대 바람이었던가
흰 도포 자락의 이름 모를 넋이
이끼 낀 인고의 세월 휘돌아
청풍명월 달빛에 스며들어
적막의 하늘을 가르는 듯,
수천 년 지켜온 굳게 닫은
침묵의 호수엔
담담한 은빛의 고요만 출렁인다.
처첩을 거느린 도담삼봉
날 선 암투의 혈전은
시간의 바람에 묻히고
기암절벽 청초한 솔바람
기백 강한 선비의 절개가
하늘로 치솟다.

03

언덕

시간이 밟고 지나간 그림자

햇살 기우는 오후

주름진 노인의 휴식에
고단한 세월이 지난 허망함이
노후 된 누각에 얼비치면,
외로운 영혼의 쓸쓸함이 짙은 안개로
내려앉는다.

그 어디쯤 이었나
지난 삶속에는
사랑으로 불타던 시절도 있었다.
가슴 아린 아픔으로 애태운 날도 있었다.
기쁨으로 가슴 벅찬 설렘의 밤을
지샌 날도 있었다.
때론 지친 여름날처럼 허기진 고단함이
목덜미를 누르는
골이 깊을수록 높아지는 고갯마루

활활 타오르는 불꽃이고 싶은.

04

해시계

지난 세월
휘어진 등걸에 지고
헐벗고 굴곡진 어머니의 해시계
아득한 시간 속 발자취 돌아본다.
손 놓을 날 없는 구부정한 육신으로
진두지휘 깃발을 들고
손톱 끝 피멍가시 느낄 새 없는
고단한 나날들
시간은 내일의 날개 위에 오늘을 얹고
끊임없이 달음질 하는데
꽃다운 시절 아리따운 자태의 화사함은
지긋하고 자애로운
연륜의 깊이로 묻어나고,

恨의 날개를 편 흰 적삼의 백로처럼
천개의 날개위에 가슴을 얹어도 날리지 못한
묵직한 뼈 속 깊이 옹이진 시름들
구들장 밑 활화산으로 타오르며
이름 없는 빛으로
사위어가는 날갯짓.

05

판도라의 상자는 어디에

퀭한 눈망울의 꾀죄죄한 모습
네 살 박이 가장의
검은 눈물이 그렁거린다.
비닐봉지 하나에 더 어린동생 손잡고
구걸하는 생존의 삶
암흑의 땅 외진 벌판 바람모지에
얼기설기 엮은 헛간보다 못한 집에서
귀머거리 할머니 침침한 눈으로 기다리고 있다.
왕복 8km의 흙탕물 저수지에
짐승 오물 섞인 악취 나는 식용 수
맨발로 걸어서 오일 빈 통 들고 가는 길
저 어린 어깨에 짊어진 무거운 십자가를
누가 대신 져 줄 것인가
엄마 품에 응석 부리며 사랑받을 나이
가혹한 고난의 길은 요원하기만 한데
인류의 삶이 공평하다고 한 역설의
이 낯선 말을 믿을 수 있을까
가여운 어린 가장의 삶은
목숨을 이어가는 빵만이 전부이지만
절실한 나눔 기부의 천사를 기다리는
오늘 긴 하루가
평생처럼 느껴지는 고단함

검은 대륙의 굶어가는 기아를
돌아봐주길 바라는
신의 눈에서도 눈물이 흐른다.
아프다
어린 양의 삶이.

그리움 묻어있는 외로움 파고들어…

한 뼘 바람

무명 꽃

연

눈물

겨우살이

양숙영

『문파문학』 시 부문 등단. 한국문인협회 위원, 국제PEN클럽 한국본부 회원. 문파문인협회 운영이사, 고양문인협회 이사. 저서 : 『문파시선』 『고양문인시선』 외 동인지 다수

01

한 뼘 바람

새잎 만나기 전
봄꽃 먼저 오는 날
달랑달랑 맴도는 산수유 빨간 열매
바람 따라나서기 망설이다
멍들어 말라 떨어질 때까지
내려놓지 못하는 인연
바라만 보고 있어도 좋은 적 있어
사랑한단 말 하염직도 한데
끝내 외면해 버리고
그냥 지나치려니 한 번 더
기다려지는 맘
그리움 묻어있는 외로움 파고들어
그대 그림자 밟고 가는
먹먹한 여운
한 뼘 바람

02

무명꽃

밤새 웡웡대는 물레소리
어머닌 실끝 찾느라 밤 지새며

무명 한필 풀 먹이고 예쁜 색 입힌다
곱게 물든 무명 꽃
오뉴월 따가운 볕에
활짝 핀 빨간 꽃물
넓은 어머니 뜰 가운데서
꽃망울 피고 열매 달리고
잠든 귓가에 들리는
어머니 물레소리는
지금도 쑤욱 꽃대 올리고
꽃잎피고 씨앗 여물고
이제서야 내가 아름다운 꽃이였음을
내가 어머니의 여물디 여문
열매였음을

03

연

추수 끝낸 논배미 한복판에서
내 마음 다 걸어 줄줄이 연줄 풀어 올린다
얼레잡고 풀었다 감았다 낚아채고
뱅글뱅글 맴 돌면
다시 줄 당겨 감고 풀어내고
주저앉으려는 연 하늘높이 올리면

참 나를 찾아 오르는 길
너무 멀어 영영 만날 수 없을지도 모를
떠도는 한조각 구름일는지
아님 한여름 느닷없이 쏟아져 내릴 소낙비처럼
흠뻑 적셔줄 감동일는지
점하나로 까맣게 오르면서
끝없이 연줄타고 연이 오르고 있다

04

눈물

고적한 밤
달빛이 유난히 밝으면
가슴에선 반짝이는 은빛 파도가 일렁거리며
눈에선 이슬이 솟아요
이럴 때 누구라도 곁에 와 준다면
아마 모르긴 해도 꼬옥 포옹해 줄꺼예요
반가움에 눈물이니까요
그런데 그런 기적이 없어요
늘 눈물 달고 웃는 솔잎처럼
물방울이 끝에 달려
작은 바람에도 두려워하지요
그대 보내고 난 후

눈물 흘러 온몸 젖어들고
견디려 견디려고 입술 짓깨물며
눈 시린 달빛 혼자 기다렸지요
지금도 그래요 눈물 맺히며

05

겨우살이

어느 상념이 떠돌다 머문
굴참나무 꼭대기
어디서 와서 어디로 가는지 몰라도
가느다란 껍질에 손톱만한 뿌리하나 내리고
혼자가 아니어서
몸 비비며 곁에 있어 좋다고
그리 다정한 것도 아니지만
몇 마디쯤 말 나누고
보일락 말락
몽환 속으로 빠져드는 응시는
한 줄 바람 휘돌아 맘속까지 후려쳐도
별빛 품겠다고
굴참나무 가지 끝에서
같은 꿈
꾸고 있는 겨우살이

누군가 찾아올까?
바람소리에 귀 열고…

요 양 병 원

옛 집

박경옥

전북 군산 출생. 『문파문학』 수필 부문 신인상 당선 등단. 문파문인협회 운영이사. 한국문인협회, 경기시인협회 회원. 동남문학회 회장 역임. 독서논술 교사.
수상: 제9회 동남문학상. 저서: 공저 『하늘 닮은 눈빛 속을 걷다』 외 다수

01

요양병원

기다리는 일 말고는 할 게 없다
그저 포구에 하루를 묶어두었다가
소리 없이 저무는 저녁에 내어주고
바람과 안개가 바다 저편으로 잦아드는 소리
밤새워 가슴 속에 부리는 일 밖에는
아무것도 할 게 없다
평생 짝사랑만 하다가 바위가 되어 버린
늙은 섬,
누군가 찾아올까 바람소리에 귀 열고
손가락만 세고 있는 적막의 섬,
가끔씩 찾아주는 발자국이 반가워도
붙잡을 수 없어 서러운 섬,
그 섬에 가면 아슴아슴 저려오는 외로움이
생목으로 올라온다
한때는 푸른 잎 드리웠을 청춘의 한 자락
어디로 훌쩍 가버리고 홀로 섬이 되었을까
밤이면 달 하나가 놀러와
바람 든 뼛속을 노랗게 쓰다듬어주고 가는
생의 바다 한 가운데 떠 있는 외로운 섬 하나

02

옛집

집이 사라지고 길이 되어버린 길 위로
바람이 불고 발자국이 느리게 건너고 있다
이른 새벽 어머니 쌀 안치는 소리 선잠을 깨던 부엌
노란 가을을 껴안고 제 몸을 내어주는 새들의 우듬지가 되었다
해가 뜨면 제일 먼저 따뜻한 볕살이 묻어나던 창가로
한 낮 소나기 꿈결처럼 지나고 나면
창 아래 채송화 꽃잎 뒤척이는 소리 물방울처럼 들리던 작은방
그 위로 토실한 아기 웃음 유모차에 실은 젊은 엄마들
싱싱한 꽃그늘을 만들며 지나고 있다
빛바랜 오동나무 앉은뱅이책상 위로 기어오르던
담쟁이 같은 어린 날의 꿈은 어머니 소맷자락을 붙들고
가을 속으로 달려가 버리고 오늘은 발자국만 무성하다
햇살과 바람과 시간들이 촘촘히 찍힌 그 길을
저녁 해가 길게 그림자를 끌어당기고 있다

머뭇거리다
하늘하늘
가출하는 꽃잎들

탁현미

서울 출생. 『문파문학』 시 부문 신인상 당선 등단. 한국문인협회 위원, 시계문학회 회장 역임, 문파문학회 회장 역임. 공저: 『너의 모양 그대로 꽃 피어라』 외 다수

01

나에게 말을 걸다

공원 한 귀퉁이 작은 오솔길
살랑거리는 바람의 유혹에
머뭇거리다 하늘하늘 가출하는 꽃잎들

바람이 화려하게 장식한 꽃길을 떨리는 손으로 지팡이 짚은 슬픔이 훌쩍이며 말을 건다 이 카페트 너무 예쁘지 엄마가 넘어지지 말라고 깔아 놓은 거야 그런데 울 엄마 어디 갔어 엄마 집 어디야 중년의 여인 헐레벌떡 뛰어온다 목 끝까지 차오르는 울음을 참는 듯 목례하며 간다

휘이익 바람을 휘저으며 두 주먹을 불끈 쥔 분노들이 침묵하는 공기를 뒤흔들며 언성을 높인다 언제부터 세상이 이렇게 시끄럽고 무질서하게 변한 거야 삼강오륜은 어디 가고 이보게 삼강오륜이 땅에 떨어져 짓밟힌 지 아주 오래되었지 공연히 큰소리치다 봉변당하지 말게 봐도 못 본 척 들어도 못 들은 척 나를 보며 동의를 구한다 쓴웃음을 흘릴 수밖에

공원 한구석에 놓여 있는 벤치 무기력이 세상만사 슬퍼할 것도 화낼 것도 없다면서 나른한 손짓으로 앉으라 한다 골짜기에서 흘러내리는 물을 봐 여기저기 피멍이 들고 쪼개지고 때 묻고 이끼 끼면서 강으로 바다로 흘러가는 거야

아무 일도 없었던 것처럼 순간 멈춰진 발걸음

부드러운 바람과 꽃 무더기를 몰고
두 팔을 활짝 벌린 사랑이 웃으며 손짓한다
어서 와 이 품에 안기라고 세상은 아름다운 것이라고
사랑할 일들이 넘치고 넘치게 많다고
주춤주춤 뒷걸음치는 내 영혼

02 시간이 멈춘 아이들

넓고 넓은 푸른 하늘에 안기고
바람을 쫓고 빗속을 첨벙거리며 달리는
말을 잊은 작은아이
그네 위에서 하늘을 보며 웃고
발을 흔들며 괴성을 지르는
그 작은 머릿속에 멈춰버린 시간

높은 휠체어에 앉아
한 손에 딸랑이를 쥐고
이 사람 저 사람 쳐다보며
눈 마주치면 놀자고 웃는
서글서글한 큰 눈에

얼굴 이곳저곳에 여드름, 수염이 난
한 살 나이에 갇혀버린 청년 아이

오랜 시간이 흘러간 지금도
대, 여섯 살 나이로 돌아가
가족이 모두 떠난 집에 혼자 남아
두려움에 구석에 쪼그리고 앉아 울고 있는
자신을 보고 있는 꿈을 꾼다는
불혹不惑을 넘긴 아이

희수喜壽를 씩씩하게 뛰어넘은 아이
다섯 동생을 돌봐야 했던 장녀
가끔 고인이 된 엄마에게 묻고 싶은 말이 있었단다
아버지가 출장 가시면 항상 앓아눕던
어린 나이에 모든 걸 다 떠맡겼던 그 마음에

영원히 멈춰버린 필름의 조각들

03

다, 그런거다

작은 공원 한 구석
똑 똑 한 줄기 고드름

겨울잠 자는 풀들 유혹한다
외로운거다

앙상한 가지 끝
홀로 떨고 있는 작은 새
갓 잠에서 깨어난 초승달을 보며
손을 내민다
외로운 거다

덤불 속 얼룩 고양이
처절하게 아기울음 울며
짝을 찾아 헤맨다
외로운 거다

언제나 말없이
걷기도 하고 뛰기도 하며
한시도 떨어질 줄 모르는
긴 그림자
너도 외로운 거다

다 그런 거다
내가 네가 서 있다는 것은

04

낡은 스냅사진 같은

처음 그 노인을 만난 것은
부슬비가 내리는 오후였다
자동차들이 마찰음을 내며 달리는 한 길가
낮은 아파트 처마 밑에
늙은 소나무를 닮은 노인과 품에 안겨있던 강아지
한 장의 낡은 스냅사진을 보는 것 같았지
주름투성이의 얼굴로 선하게 웃던 모습
앙상한 가슴에 안겨 졸고 있던 강아지
추억의 손 때 묻어 흐릿해진
왠지 마음이 따뜻해지는 장면이었다
어제도 오늘도
그곳엔 노인과 강아지가 있다
바쁘게 움직이는 사람들을 보면서
구김살이 없는 밝은
소년 같은 표정으로 웃는다
그 표정에 끌려 말을 건다
한 장의 스냅사진 속으로

05

그냥, 우두커니 서서

저녁 어스름 눈 발이 날리는데
방학 맞이한 아이들
떠들썩 뛰어다니는데
야윈 회색 고양이 한 마리
처진 꼬리 흔들며
지하 주차장으로 내려가네

간밤에 내린 눈으로
흰 면사포 살포시 쓴 나무
다소곳이 고개 숙이고 있는데
이층 지하주차장 어둠 속에선
목쉰 고양이 계속 울고 있네

뭉클, 찡해지는 코끝
무기력한 가슴앓이로
그냥 우두커니 서서 듣고 있네

거기엔 실낱같은 삶들이 출렁인다

허정예

강원도 홍천 출생. 『문파문학』 시 부문 신인상 당선 등단. 문파문학회, 동남문학회 회원. 저서: 시집 『詩의 온도』, 공저 『껍질』 외 다수

01

갯벌

파도가 걸어온 길

밀고 당기며
바다의 탯줄을 갈라 눠어놓은 땅
파진 주름진 골에 뭇 생명들
숨죽이며 숨어 있다

초승달 뜨는 저녁이면
뭇 별들 머리에 이고
부드러운 알몸에
영글게 자라는 바지락 꼬막 갯지렁이

저 노인
날마다 갯벌에 묻혀
낙지 게와 씨름하며
세월을 낚는다.

거기엔 실낱같은 삶들이 출렁인다.

02

조개껍질

생의 한허리 거슬러
기억의 끝으로 올라가면
너는 최초의 화폐였다

선조들이 목숨 잇던
삶의 흔적이
상형문자로 찍혀있다

천 년을 하루같이
갯벌에 묻혀 살아온 너
파도에 구른 흔적이
등 껍데기 나이테로 그려있다

파도와 싸워
종일 해풍에 살찌우고
사람의 식탁에 오르다
텅 빈 몸으로 뒹굴고 있다

03

저물녘

서산 넘어가는 노을 꽃
어느새 저리 시들었을까
아침 햇살과
대낮도 스치듯 잠깐
세상 삶에 갇혀 보지 못하던 나
붉은 노을을 한참 바라본다.
철 따라 피고 지는 꽃잎들
이제야 그 숲에서
꽃술 보이고 향기가 난다
허둥대던 세월에 늪
어둠에 그림자가
빈 가슴을 쓸어 덮으면
어스러진 마음 쓸어안는다.
햇살보다 뜨겁던
달빛보다 청아하던
그 날들은 어디로 떠났을까
속절없이 남은
끝자락에 불꽃을 사르는
노을 꽃 하나
서산을 넘는 저물녘이다

04

행운목

그녀는
아직 꽃을 피우지 않았다
푸른 말만 무성한 채
십여 년 전 재래시장에서
어린것을 입양해온 뒤
거실에서 방으로 행운을 옮겨 놓듯
애지중지 동고동락했다
끼니마다 챙겨주는 진실한 가장
겨울엔 그녀 팔뚝에
영양 주사 주며 살갑게 챙겼다
식구들은 시간이 날 때마다
얼굴이 윤이 나도록 닦아 주었다
초록 날개를 쌓아 올리며
늘씬하게 자랐지만
아직 초경을 치르지 못했다
무성한 말만 늘어놓은 채
행운의 화신 만나는 그 날은
언제쯤일까

05

카멜레온

붉은 꽃잎에
벌떼같이 달려들어 꿀을 빨던
입술,
이별의 키스가 차다
떠난 빈 가슴
등 시린 어깨 위 바람이 일고
깨알 같은 언어
하늘 끝
지평선까지
함께 한다던 귀엣말
얼음덩이처럼 등만 보인다.
더 이상 가지꽃 향기는
피어나지 않았다
잠재했던 본능이 파도처럼
밀려오는 것을 보았다
다행이다.
더 이상 그녀가 보이지 않는다.

하늘이 저리도 서럽지 않은 것을…

공

친구

어떻게 해

알

불곡산 좌

자운
장정자

대구 출생. 『문파문학』 시 부문 신인상 당선 등단. 창시문학회, 한국문인협회, 국제PEN클럽 회원. 문파문학회 운영이사. 수상: 제7회 창시문학상. 저서: 시집 『해에게 물어보았다』, 공저 『성큼 다가서는 바람의 붓끝은』 『문파대표시선집』 『성남문학작품선집』 외 다수

01

공空

너랑 나랑 마주하고
눈물강에 배 띄웠네

사공은 노래하고
물결 따라

나그네 떠나가고
바람 따라

해 실은 물결, 바람
절로 흘러 어데로

삿대를 저어
세다가 새우다가

아득히 무심천에
잠든 사공

……
사그랑

02

친구

달아
온갖 세상살이 다 보아도
묵묵히 어둠 밝혀주는 너는

달아
어둠 환히 밝히고도
소리 없이 왔다가 돌아가는 너는

달아
제 몸 깎아 생멸生滅을 거듭해도
그 때 그 자리에 미소로 화답하는 너는

달아…

03

어떻게 해

대쪽 같은 빛
용틀임 치는 물
기암괴석 도려 놓고
삭둑 잘려버린 산하

안개 짙은 노을에
젖은 발걸음
멎는 심장 쓸어안고 넘을
까아만 고갯길

발이 부르터도
가시에 찢겨도
북풍 몰아내고
독초 뽑아내고

걸어야 해
걸어야 해

마음 밭에 옥토 일궈
품은 씨앗 귀히 가꿔
최초의 걸음마로
똑바로 서서

걸어야 해
걸어야 해

04

알

어둠 몰아내고 첫닭이 운다
홰울음 소리에 깨어난 새벽

병든 철새들이 휩쓸고 간
어미닭의 빈 처소
놀란 눈동자 이슬에 젖어
질척이는 새벽안개

주인이여! 등불을 지펴라
땅을 짚고 뜰을 쓸어라
무뢰한, 검은 발자국
말끔히 씻어내야 할 터

둥지 밑 깊은 속
부화孵化의 날 꿈꾸는
아직은 잠든
동그란 알 하나

태고의 모성母城
알 깨어날 자리
천지의 울림
첫닭이 운다

05

불곡산 좌坐

찻집에 앉아
가을 산을 바라봄은
너에게 다가설 수 없는
아픔인 것을

고운 입술보다 슬픈 눈동자
지워지지 않음은
안개 자욱한 초저녁
푸른 달빛인 것을

차라리 가을비라면
유리알 닮은
하늘이 저리도
서럽지 않을 것을

프리즘 긋고 내려앉는
빠알간 단풍잎 하나
주인 없는 찻잔에 어리어
가을 산을 내다본다

쓸쓸함이야말로
기다리지 않는…

꽃　　　　잎

들불처럼 번져 나가는

넘치는 가을이지만

된 － 서 리

시시콜콜한 말씀

又敬堂
임정남

경북 영주 출생. 『문파문학』 시 부문 신인상 당선 등단. 한국문인협회 위원. 국제PEN클럽 한국본부, 용인문인협회 회원. 문파문학회 회장, 시계문학회 회장 역임. 수상: 제2회 시계문학상. 저서: 시집 『낮달』, 공저 『너의 모양 그대로 꽃 피어라』 『가을 햇살 폭포처럼 쏟아지는데』 외 다수

01

꽃잎

꽃 고름에 쌓인 봄
낮에는 활짝 피고
너무 열려서
너무 넘쳐서
밤이 되어도 닫을 수가 없지만
청량한 꽃잎으로 바람도 날린다

지난봄 불타는 화살처럼 살더니
스스로 태워 고통과 상처로
세상에 아픔을 꽃잎으로 덮더니
하얀 잠으로 입 다물고

이 땅에 내 던져진 존재들
쓴맛단맛 알게 된 꽃잎은
쓸쓸함이야말로 기다리지 않는
기다림으로 살아가고 있는 듯

벤치에 앉아
바쁘게 쏘다니는 비둘기의
빨간 발을 내려다보며
삶의 대한 두려움이 궁상스러워도
꽃피는 봄, 향기로 다가오는 꽃이어라

02

들불처럼 번져 나가는

어느 날
우연히 구슬픈 연주곡을 들었다
어찌
그토록 오묘한 소리가
신비할 따름이다

온몸에 전율이 일고
저음과 고음이 동시에 흐르는 듯
울부짖음 같기도
모진 바람에 섞인 외침이었다

오가는 바람에 실려
산산히 부서지는 고독이
눈앞에 아득히 펼쳐지는 듯

사실을 망각한 채
하염없이 어디로 떠나가고 픈
가방 하나가 들썩인다

03

넘치는 가을이지만

소 목엔 쇠 방울 소리
여름 내내
작은 산골 마을에서 이어지더니
벌써 노랗고 빨-간 단풍이

어릴 적 친구 오랜 세월 삭힌
무우지 같은 할매를 만났다

알프스 하이디처럼
초원을 누비던 시절을 얘기하며
꿈꾸었던 이상과 낭만을 회상하며
붉고 누런 이야기 실타래
강물 흘러가듯이 이어 가면서
허허한 웃음도 찍어 내면서

그 그리움이 하늘 높이 구름 되어
자국만 남아 신음소리 마저 달빛에 가리운 채
붉은 잎은 더욱 붉어 허공에 대고 소리 없이
우수수 떨어지고 있다

04

된-서리

절간 같은 집 큰 집에
촛불 기도로 새싹이 자라
온 마을이 받들어 키웠다
방자한 데가 있어도
잘 자라 보통나무 되었다

동네 웃음꽃이 피고 있을 때
천둥번개는 그 사람 머리 위로 떨어져
삶이 송두리째 검게 타
날이 갈수록 사족이 오그라들고
기름 냄새는 온 마을에 덤비었다

문밖을 넘어오지 못하고 허물어지는 모습에
모두가 입 벌리고 허허! 하고 있을 때
달빛도 외면하고 산 그림자 짙게 드리우고
뻐꾸기는 멀리서 울어댄다

마른나무 장작은 세상이 버린 듯
악다물고 숨만 쉬고
식구들은 비극의 감정을 마음껏 토하고
깃털처럼 가벼워진 네 안에서
가느다란 이성은 숨어서 할딱이더니

그의 집은 폭삭 재가 되어 버렸다

요양병원 큰 나무 꼭대기에
까마귀는 까- 악 까- 악
너도 울고 있구나?

05 시시콜콜한 말씀

시끄러운 옛날이여, 가라
햇살 눈 부시는 새날이여, 오라

한 해가 저물고
말 많고
탈 많은 시간은
저절로 狂風에 떠밀려 가고 있다

오직
맑은 귀가 되고
진정한 말씀을 들을 수 있는

파도처럼
가슴이 뻥 소리 나게 했으면
찰지진 않아도…

따뜻한 차 한잔
건네주는 이가 그립다

겨울비는 내리고

베개

이규선

서울 출생. 「문파문학」 시 부문 신인상 당선 등단. 저서: 공저 『꽃들의 수다』 외 다수

01

겨울비는 내리고

구멍 난 운동화 사이로 스며드는 빗물의 체온이
고장 난 여름을 가리키고 있다
며칠 전 돌아가신 고모님의 냉동고 속 하얀
얼굴을 내뿜으며

시멘트벽 하얀 가루를 마시며 야윈 달력 위를 걸어와
마지막 줄 위에 서 있다
몸은 차츰 굳어가는 줄도 모르고

굳어져 가는 핏줄 사이로
따뜻한 차 한 잔 건네주는 이가 그립다

겨울비는 오는데 삐그덕
회색기러기 한 마리 날아간다

진땀 젖은 기차표 한 장 구겨 넣는다.

02

베개

너는 세상 끝자락을 망가진 손톱 끝으로 잡고 있다가 오로라의 문을 먼저 열고 들어갔지 젊은 시절의 암호가 문신으로 새겨진 손톱의 뒤꿈치를 자루에 털어 넣고 오늘 밤 나는 버려진 발자욱에 암호를 새겨넣는다 토해지지 않는 별의 소리를 이웃별까지만 다녀오겠다고만 떠들다가 고장 난 우주선을 쓰다듬던 손바닥으로 게워내며 버려진 시신이나 임자가 통곡하는 시신이던 뒤통수는 한 번씩 갈겨주어야 저승길 헤메이지나 말 거 아니냐 절간 녹슨 종 때리는 막대기 만들어

가을 나그네 길이 멀다

석 등

그늘이 꽃피는

낮달이 머무는

나 그 네 새

너 는

김좌영

충북 청주 출생. 『문파문학』 시 부문 신인상 당선 등단. 한국문인협회 위원, 문인협회 용인지부, 시계문학회 회원. 문파문학회 운영이사. 수상: 제2회 시계문학상. 저서: 시집 『그땐 몰랐네』

01

석등石燈

산 벚나무 하얀 꽃가지
봄이 지나가는 소리
고요한 새벽을 가르고

여명이 밝아오는 선방
영혼을 꿰맨 누더기 가사
홀로 우는 풍경 외롭다

독백하는 푸른 석등
세월의 흔적을 지우는
천 년 가슴에 비가 내린다

02

그늘이 꽃피는

꽃 피고 새 울던
아득한 푸른 나무
삶의 보람이었네

이제 웰에이징well-aging
초록 바람이 머무는

고요하고 아늑한 그늘

지치고 아픈 사람
편히 쉬고 가는
그늘이 꽃피는 나무

03

낮달이 머무는

멀고 먼 산간 오지
하늘 공원 찾아 가는 길
차창에 녹아드는
산 내음 향기 상큼하다

적갈색 암벽 둘러싸인
반쪽하늘 흰 구름 흘러가고
출렁이는 능선 사이로
속세가 아득한 새들의 낙원

아담한 오석 묘소 시비詩碑
못다한 삶 기린 글귀
참배하는 국화 한 송이
생전 그 모습이 울컥해

바라보는 허공
낮달이 고개 숙여 손 모은다

04

나그네 새

모두 떠난 빈 들녘
함성이 끝난 야구장처럼
잔해만 차갑게 뒹굴고

바람이 우는 마른갈대숲
애잔한 잔영을 그리며
푸르륵 거리는 노랑딱새

오늘도 떠나지 못하고
검붉은 강벌을 헤매는
가을 나그네 길이 멀다

05

너는

그리워서
새벽 별 세어 보고
보고파서
깊은 산속 헤매어도

허공 맴도는
너는 누구이냐

정을 주고
정을 받고 싶어서
눈바람 해변
코트 깃을 세우고

퇴고 없는
순백의 너, 그린다

푸른 숲 사이 햇살,
활짝 꽃이 핀다

김옥남

경북 안동 출생. 『문파문학』 시 부문 신인상 당선 등단. 한국문인협회 저작권 옹호 위원, 문파문학회 감사. 한국문인협회 용인지부, 시계문학회 회원. 수상: 2013년 용인문인협회 공로상

01

벚꽃이 필 때면

강가 벚나무 둘레길 걸으며
훌쩍 떠나버린 시간 속에 갇혀 몸살을 앓는다

얼었던 강물 녹아 내려
바다로 향하는데
따사로운 봄볕에도 녹지 못하는
얼음 조각 하나,
또다시 그리움에 묶여버린 바보-
짙은 구름 한 움큼 목울대로 밀어놓고

꺼이꺼이 마른 울음 토해내며
그래, 잊자 잊어버리자
가슴으로 외치고

또 외치고-

붙잡을 수 없는 그대이기에
놓을 수밖에 없는 그대였기에
허허와 먹먹함 사이에서 휘청거리며
가슴에 잡힌 주름 펴보려고 안간힘이다
호숫가엔 또다시 벚꽃이 핀다

02

선물

쿵덕
쿵덕
심장에서 요동치는 파도
멈추지 않는다
내 곁에 머문 선물
그것은 우주의 설렘이다

스마트폰으로 날아온 동영상
순간 숨이 멎는다
누구에게나 오는
누구에게나 오지 않는
그래서
더 반갑다
아장아장
내 곁으로 걸어오고 있다

푸른 숲 사이 햇살
활짝 꽃이 핀다

03

오늘도 ~ing

수평선에 이는 바람
가실별[1]에 겹쳐지는 포말
너울 따라 춤추는 나신裸身
쓰레질에 활짝 웃는 갯바위

사과꽃잎처럼-
메밀꽃잎처럼-
하얗게 부셔지는 포말
너울에 몸을 맡긴다

가을부채[2] 다락에 올려놓고
꽃무늬가방을 메고
진동걸음으로 집을 나선다
오늘도 ~ing

---

1) 가실볕: 가을볕
2) 가을부채: 철이지나 쓸모없는 물건

04

산책길에 나섰다

무심한 척 너스레를 떨다
갈바람에 떨어지는 나뭇잎 하나에
가슴 말랑말랑해지는데
눈동자는 쉴 새 없이 금방 사라질 오늘을 담는다
걷고, 걷고 또 걷고-
무릎과 발목 삐그덕 거리며 앙탈을 부린다

낡은 벤치에 앉아
무심히 하늘을 본다
구름은 파란 캠퍼스에 그림을 그리고 있다
푸들강아지가 있고
아기와 엄마가 있고
몽실몽실한 곰인형도 보인다

하늘에 그림들이 살아서
땅 위에 내려앉았다
작은 공원을 가득 채우는
아이들의 재잘거리는 목소리
가을햇살에 반짝인다

05

가을

앞산,
서서히 물들어간다

한지에 스며든 고운 물빛처럼
내 어머니 손톱 봉숭화 꽃물처럼

갈바람
명치끝을 간지럽힌다

토도독
토도독
낙엽 쌓이는 소리

사그락
사그락
책장 넘기는 소리

꼬므락
꼬므락
손가락 소곤대는 소리

가을, 새벽을 깨운다

농밀한 블랙커피
순수한 물

박진호

『문파문학』 신인상 당선. 국제PEN클럽 한국본부, 한국문인협회, 시계문학회 회원. 한국가톨릭문인회 간사, 문파문학회 운영이사, 동국문인

01

그로테스크

우물에 종이를 적셔 생긴 얼룩
불장난이 남긴
마음의 흔들림이었다

그리스 로마신전의 신탁
12지신 하루의 발걸음은 굿
그 간절함은 그림자였다

길을 걸으며 받은 선물은 감정
겉옷을 태워 얻은
그을음에서 느끼는 추억이랄까

02

먹태와 청하

여름휴가 끝의 칠석날
오작교의 만남 후
까치와 까마귀가 힘들어
먹태가 되었다는 농과
은하수 눈물을 담은
청하라는 설 속에

반상의 상이 되었다는 데

기쁨과 슬픔이 어우르는
깊은 마음의 그리움 펴 올려
옥황상제의 노를 풀려
올리는 상차림이다

03

낙화암

백마강 나룻배 석양에 슬프다
벼랑에 핀 고란초 제문을 낭한다

백화정 굽어보는 절벽 아래 버들꽃잎
삼천궁녀의 넋 기리는가

소정방에 유린된 백제인의 정령
민족의 횃불 이어가는 힘 되어

고란사 목탁소리 낭랑히
억겁의 미래로 퍼져간다

04 종이컵

평생 한 여정을 거쳐 온
태생은 나무라는

순결을 조용히
포장하고 기다리는

농밀한 블랙커피
순수한 물

처음 담겨져 쓰이는
성품의 표현

05 함께하는

마루에 앉아
뭔가 하던 습관에
놓치고 못 본 그림자

깨어진 아픔 속
바라보지도 않아

더 아프게 하냐고

기도도 더 이상
애걸 말고
편안한

제발 좀
쉬는
시간 갖자는 그

내 서러움은 검불임을 알았습니다

채재현

충남 서산 출생. 『문파문학』 시 부문 신인상 당선 등단. 한국문인협회, 문파문인협회, 호수문학회 회원. 저서: 공저 『기쁜 날, 슬픈 날, 즐거운 날』 외 다수

01

사치와 오만

재활의학과 진료후
통증의 터널 눈물이었습니다

씩씩하게 뛰어가는
세월의 흔적 깊은
청소 아주머니
부러워서 서러웠습니다

휠체어에 의지한
머리카락 병고에 반납한 젊은 여인
핼쓱한 모습
내 서러움은 검불임을 알았습니다

내 통증의 서러움은
사치와 오만

02

눈물

어머니
마지막 기차를 타고 떠나시던 날
비가 내렸습니다

철철 흐르는 빗속에는
어머니의 마당이 섞여 있었습니다
푸성귀를 가꾸는 텃밭처럼
가녀린 몸짓으로
늘 겨울이였고 삭풍이였습니다
언젠가 언제가 봄 꽃이였던때
벤취에 떨어진 메마른 꽃비였습니다

그리움의 빗물소리 자꾸만
마음을 적시고 있습니다

03

나쁜 가시나

칠십노모 부엌에 쑤셔넣고
남들 다 하는 출산
저 혼자 한 양
따뜻한 아랫목 누워
때 맞추어 미역국 끓여온 당신께
배 안고픈데 그런다고 투정부린
시월에 피는 개나리처럼
철모르던 못된 가시나

자기가 칠십되니
도움 받아야할 노년이라고
자식들의 작은 실수에 서럽다고
이슬비 눈 언저리에 심어놓는
나쁜 가시나

고해성사
가슴을 헤집는다

04

가을꽃 지다

메마른 땅에서
피어난 여린 잎
일찍 햇살의 따사로움을 잃어버려
굴뚝 뒤의 눈물이었던 날들 지나
한여름의 기상은 내 것인줄만 알면서
네모지고 세모지고 둥그런 보물들
가슴으로 싸안는 방법 서툴러
가을이 무엇인지 모른 채
늘 파란줄 알았던 가을꽃
어느날 갑자기 찾아온
저승사자의 지목이 되어버린 그때

거울속의 가을꽃을 알아버린 허망함

꽃 송아리
밤바다에 빠져버린 가을꽃

05 귀여운 거짓말

여든 일곱송이 안개꽃다발
가슴에 안고
어제의 일상 오늘인줄 알다가
일상의 내용 끄트머리부터
지우개로 지워져가는 날들
구름 넘어 은하수 옆쯤 계실
어머니 찾으며
나, 어머니 곁에 가서 싶은데
기차가 안와요

어느 날
숨이 차고 답답하니
응급실 빨리 가겠다고
신발 거꾸로 신고 서두르는
고령의 귀여운 거짓말

깊고 깊은 슬픔이 바이올린 속에 녹아…

이광순

서울 출생, 국민대 교육대학원 졸업. 『문파문학』 시 부문 신인상 당선 등단. 한국문인협회 서정시 위원, 문파문학회 운영이사, 시계문학회 회원. 저서: 공저 『바람이 창을 두드릴 때』 외 다수

01

넋을 부르다

둥둥 가슴 두드리는 북소리
2014년 4월 16일 세월호를 타고
깊은 바다 속 하늘로 떠난 아이들 넋을 부른다

피리소리에 얹히는 무녀의 곡쯧
대가지를 잡은 손에 넋이 걸린다

어이하리 어이하리 한 맺힌 맘
못다한 맘 어이하리
엄마아빠 내가 왜 이승을 떠나 이렇게
구천을 헤매야 하나요
아아 여기 너무 멀어서 그 곳 손이 닿지 않아요

누가 바다의 문을 닫았는가
아직 세월호에 남아있는 혼백 가라앉아 버린
그 날의 의문들
하필 봄 꽃 활활 타오르는 이때라니
아무렇지 않게 이 봄을 즐기는 것이 부끄럽다

살아있는 우리와 살아있지 못한 우리의 이별
무명천을 몸으로 가르고 새가 되어
풀지 못한 시간 속으로 건너가는 아이들의 맑은 넋
우리 가슴 속에 기억의 집 짓고 있다

02

차이콥스키 바이올린협주곡 D장조를 듣다

가슴이 낙엽처럼 점점 말라가던 어느 가을
늦은 시간 자취방에
어둠을 세우고 앉아 차이콥스키를 들었다

적당한 빠르기로 운을 떼던 바이올린이
고난 속으로 휘돌아가듯 끝나고
칸소네타로 들어선다
순간 고요 속에 호른이 괜찮냐고 말을 건네면
바이올린은 저 혼자 애를 끓이며
눈물을 삼킨다
차이콥스키만이 알고 있다는 세포가 분화되기 이전의
깊고 깊은 슬픔이 바이올린 속에 녹아
가슴속 한 가닥 잡고 있던 이성의 줄마저
툭 끊어버린다

슬픔의 바닥에서 서로 아픔을 주고 받으며
위로했던 우리

지금도 가끔
그 지독했던 객지에서의 외로움을 추억하며
포터블 턴테이블에 차이콥스키 LP를 얹는다
오래된 음반의 흠집이 바늘 끝에 턱턱 걸리는 소리가
마치 내 상처의 흔적인 듯 가슴 아리다

차이콥스키가 그때처럼
따뜻한 손 하나 내밀어 가슴을 만져주고 있다

03 부석사에서

아미타여래불을 만나고
절 마당 돌아 뒤곁으로 갔다

두 개의 돌 위에 아슬아슬하게 얹혀있는
뜬 돌
천 년의 먼 세월 지켜낸 자리에서
제 무게 견디고 있다

돌과 돌 사이 실 한 가닥의 틈
의상 대사를 향한 선묘의 단단한 사랑이
그 틈을 지키고 있다

내 손끝에서 만져지지 않는 틈의 정체

생각해 보니
누구를 위해 무게를 들어준 적 없고
무게를 지탱해 준 적도 없다

선묘의 그림자 뒤로 하고 돌아 나오는데
무량수전 마당 석등을 지키고 있는 네 보살 중 한 분이
고개 돌려 나를 바라보고 있다

04

종로2가에서

아르바이트로 한 학기를 버텨내던 나와
진학을 포기하고 직장인이 된 혜숙이
숨어들던 종로2가 르네상스 다방

커피 값은 늘 혜숙이 몫이었고
내 염치는 그 아이의 착한 웃음 속에 숨었다
그때의 하루보다 더 지쳤던 어느 날
바닥까지 내려간 절망 앞에 나타난 사람은
베토벤이었다
웅장하고 도도하기까지 한 베토벤은
클라이버의 손을 빌어 가슴깊이 숨겨 논 슬픔
툭 치고 간다. 언제 그랬냐는 듯
다시 힘차게 가던 길을 가는
관악기를 따라가지 못하고 쏟았던 눈물
그래도 친구와 음악으로 털어낼 수 있었던

아픈 시간들

이제 커피 값은 내가 낼 수 있는데
혜숙이는 이 세상에 없고 르네상스도 없어진
종로2가 그 길에 헐렁해진 몸으로 홀로 서 있고
건조해진 바람은 여름내 무성해진 나무들을
말리고 있다

05

환절기

가슴 한 쪽이 뼈가 시려서 잠이 오지 않는다
이 가을 햇살을 몸은 이미 알아 채
내 뼛속 깊이 바람구멍 숭숭 내고 있나보다

찬바람에 된서리 내리는 밤
위로만 솟구치던 기운 이쯤에서
내려놓아야 하는데 준비가 안 된 내 몸은
꼭 이맘때면 신열을 앓는다

올해는 세상마저 나처럼
농단이니 비선이니 하는 생경한 단어들이
신열로 끓어
온몸에 열꽃까지 피우고 있다

새들이 앉을 나무도 그려 넣었다

부성철

제주 출생, 한양대 졸업. 한국문인협회 편찬 위원, 문파문학회 감사. 호수문학회 회원, 불시 동인. 수상: 2002년 『문학과의식』 신인상

01

손톱을 뜯으며

등이 가렵다
바닥을 뒹그는 꽃잎
왁자지껄 소란떨다 사라져 가는 축제의 시간
깊이 숨을 쉬어도
속이 차지 않아
지금 막 뛰쳐 일어 서는 길이다
소리쳐 노래 불러도
손이 닿지 않은 바람 벽
돌아오는 저녁
포장마차 뒤로 가슴치며 게워내는 외로움이
왈칵 울음을 토해 내면
웅어리진 슬픔이 가만히 골목에 갇혀
가로등 밑 그림자 우두커니 서 있다
모르는 이끼리
바꿔 등 밀어 주던 목욕탕 풍경처럼
서로 가려운데 긁어 주는 그런 곳이
그립다

02

꽃방석

백화점 침구 코너에, 그저 자리에 섞이어
지나는 사람에 손 길을 기다리다.
어느 날 그가 다가와, 내게 손을 내밀었다

아침 소란스러움이 지나고, 반 지하방 창 틈새로
넘어 온 햇살이 작은 소파 위, 졸고 있는 방석 위로
살포시 앉으면
찌든 가난들이 덕지 덕지 묻어 있는 벽지 위, 아이가
적어 놓은 낙서, "사랑해요 엄마"가 방긋
웃고 있다

치열하게 일을 치르고 돌아 온 시간
삶은
지친 머리를 방석 위로 가만히 뉘이고
뒷날 다가 올 행복이 보고파 보르르 선잠들면
아직 꺼지지 않은 TV 속 화면이
지지지 웃고 있다

03

순간

부활절 미사를 드리는 성당 뜰엔
이제 막 봉우리 진 목련꽃이
힘겹게 바람에 흔들립니다.
시간여행을 타고 도착 할
조카 첫돌 잔치에
길어 지는 하나님의 말씀들이 대기에 뜨고
축하, 축하
까르르 까르르 흔들리는 시간들이 찰 즈음
무거운 걸음으로 도착한 상가엔
다른 세계로 떠난 친구의 영정사진이
방긋 웃고 있습니다.

잘가.

04

지하 셋방

들꽃이 피듯 곰팡이들이 피었다.
어둠이 바퀴벌레를 낳고
쥐들이 천장을 내 달았다.
햇빛은 찾아오지 않아

낮과 밤은 구분이 되지 않았다.

“창을 만들어야지”
바깥으로 내닫는 창을
사내는 망치 대신 붓을 들고
벽에다 창을 그려 넣었다.

새들이 앉을 나무도 그려 넣었다.

“햇빛이 찾아 올거야”
창을 넘어

사내는 창 밖을 하염없이 바라본다.
구석 어디쯤
바람이 지나고 귀뚜라미가 울었다.

절망이 외로움으로 찾아 오고
사내의 눈가엔 눈물이 어렸다.

05

길손

벗어 놓고 온 길들이 점점 멀어져 갔다.
10월의 타버린 가을 한낮
햇살이 고와 불어대는 바람에 몸을 맡기면
황금빛 세거지가 피어나던 꿈
돌아앉음
건너온 길들은 저만치 사라지고
금시 돋은 혓바늘이
쓸데없는 말조차 나를 위로 하려 든다.
가슴 치던 말들은 어디로 갔을까

희미해진 눈썹 위로
스믈스믈 피어오른다.
지쳐 돌아오는 저녁 검붉은 노을에
어둠이 섞여 사라지면
귓속으로 별들이 날았다.

얼마나 많은 시간을
만지작거리며 가는 걸까?

지 우 개

조 셉

작 은 방

캘 린 더

우 산

박노일

경기도 일산 출생. 『문파문학』 시 부문 신인상 당선 등단. 문파문인협회 회원. 저서: 공저 『차마 하지 못하는 말』 외 다수

01

지우개

양철 필통 속 지우개 하나
툇마루에 배 깔고
아버지가 엮어 준 마분지 연습장에
마음껏 쓰고 지우던 어린 시절

아지랑이 피어오르는
아련한 봄 동산
밤새워 그리던 젊은 베르테르
지워도 지워지지 않던 여드름

백발 성성한 머리 위
떠가는 하얀 구름 한 점
굳이 따질 거야 없지만
언젠가는 한판 놀고 갈
씻김 굿 한마당
영혼의 지우개

02

조셉

퇴직 후 첫 여행지
상아의 나라 필리핀
금년 겨울 모처럼 다시 갔다
푸에르토 와즐*
한때는 시퍼렇던 마르코스 별장
지금은 쇄락한 영화의 그림자
20년 전 해지는 줄 모르던 무한 라운드
올해는 그늘에 쉬는 시간이 더 길다
캐디 조셉
무엇이 그리 좋은지 늘 싱글거리는
다섯 아이의 가난한 아버지
다리를 절면서도 부지런히 다닌다
너무 낡은 그의 모자가 안쓰러워
새것을 씌워준다
다시 올 기약 없는 밤 비행기
그의 순한 눈이 다가온다
내일도 파란 내 모자가
필드 구석구석 바람처럼 누비겠지

* 마닐라 근교 골프장

03

작은 房

퇴직하고는 한 낮에 묻혀 있기
어색하던 房

세월이 갈수록 익숙해진다.

메주 뜨는 냄새가 난다고
온 창문을 열어 놓는
아내의 잔소리쯤은
이제는 무덤덤

세상사 굳이 염려해도 소용없지만
그래도 봄비처럼 촉촉이 적셔오는
외로움은 어찌할까

매일 하늘이 가까워 보이는
고독의 房지

04

캘린더

시작은 늘 우리를 긴장시킨다
올해도 부푼 마음으로 새것을 건다
달마다 계절마다 한껏 멋을 부린 열두 장
자세히 보면
구정 추석 국경일
요일만 바꿔 놓은 숫자판
보기엔 단순해도
갈수록 맞출 수 없는 퍼즐
하루에도 몇 번이고
골똘히 눈이 멈추는
문제가 문제를 낳는 긴 터널
평생 얼마나 많은 시간을
만지작거리며 가는 걸까
또 망설이고 후회하는
불면의 밤은

05

우산

현관에 걸린 낡은 우산 하나
펴고 접는 사이
무심히 세월만 갔다

지나보니
썰렁한 눈밭보다는
귓전 아늑히 속삭이는
봄비에 젖는 게 좋다

며칠 전 부친상을 치르고 온 사위에게
다시는 펼 수 없는
큰 우산을 접은 거라고 말해 주었다

30년 쓰던 우산을
하루아침에 접은
명예퇴직
나에게는 뭐라고 말할까

언제나 한결같은
세상에서 제일 우뚝한 것
내가 이고 가는 파란 하늘 우산

잎도 없이 피었다

권소영

경북 문경 출생. 『문파문학』 시 부문 신인상 당선 등단. 문파문인협회, 시계문학회 회원.

01

마른 꽃

바람의 도시에서는
시간이 소년의 향기와 빛깔을 간직한 채 마른다

다리를 허공으로 뻗은 꽃송이들
한 번의 입맞춤도 없이 박제된 꽃잎

삼십 년 세월, 잠에서 깨어나면
그저 사흘 밤낮이 흘렀을 뿐
젊은 어미는 그를 위해 가마솥에
저녁쌀을 앉히고 있을 거라고
코리아타운 김 사장의 눈길이 바스라진다

바람이 반백의 머리를 헤집는다
마른 꽃에 물오르는 기척

02

선운사

드디어 그곳에 갔더니

동백꽃도 막걸릿집 여자도 없더라

꽃멀미 아찔했을 꽃무릇

잎도 없이 피었다

칼금 같은 줄기만 남겼더라

03

사월

복사꽃빛 바지와 개나리색 셔츠, 진달래색 배낭이
등산로에 실하게 피었다
셋 합치면 수령樹齡 백육십 년은 너끈하겠다
-세상 이치란 게 원래 음양이 맞아야 하는긴데
요기 남자 하나 더 끼면 따악 좋은디 말이야-
까르르 크크륵
부풀어 터질락 말락 젖멍울 몸살 난 계집애들이 따로 없다
지나치던 소나무빛 젊은이 흠칫 걸음 빨라진다

하산길 쭉정이 셋에 막걸리 출렁거리면
쉰 향내에 날아드는 것들 많겠다

04

오독誤讀

땅속에 숨어 십칠 년
매미의 일생을 찍은 칠분짜리 다큐에서
등을 찢어 몸을 벗고서야
서서히 펼쳐지던 날개

그 날개, 황금색 가로등 아래에선 금빛
어둠 속에선 어둠을 통과하는
해탈解脫이다

아침공기를 잘게 부수는 저 오도송悟道頌
몸 벗은 몸에서 울려 나오는 노래는
세상을 뒤엎을 심오한 주문임이 분명하다 했는데

고작 암컷 부르는 뜨거운 유혹이었다니

바람이 흩날리는 숨결마다…

조영숙

장흥 출생. 『문파문학』 시 부문 신인상 당선 등단. 한국문인협회, 문파문인협회, 호수문학회 회원. 저서: 공저 『바람의 작은 집』 외 다수

01

함께

하늘이 열리는 시간
나 홀로인 듯
눈을 감아 보지만

아주 오래 전
사랑으로 열렸던
빛의 길
날마다 감사한 은혜
마음 부요함의 자취 흐르고

일마다
걸음마다
앞서 행하시는 손길에
가슴 따뜻한

城을 쌓아본다

02

생명 있음에

잠간의 시간
물 한 모금 입에 털어 넣고
문을 나설 때
그림자도 맨발로 뛰어나와
발목 잡는다.

조금만 쉬었다 가자
숨 한번 크게 쉬고
바다도 한가히 흐르고
강물도 잔잔히 노닐고 있으니…
간간이 들썩이던
깊고 깊은 마음의 소리

삼십 년
세월 끝에 묻혀진
기막힌 날들
반짝이는 아들 딸
제 몸빛 발해 더욱 빛나
사랑의 깊음
기쁨 충만함

꽃잎
하나하나 일어선다

03

그리워

바람이 흩날리는 숨결마다
깊게 빛나는 영혼의 닻

하루하루 시간에
고스란히 박혀
침묵이
눈을 감는다

별 하나씩 가슴에 안아
둥지를 튼 사랑

생명의 향기
뿌려본다.

04

한 접시의 세월

넓은 책장에 꽂혀진
그만그만한 흰 나비들
수북이 쌓인 먼지들 사이로
수십 년의 향기가

피어오른다

달그락거리며
이파리처럼 흔들리고 스치어
지나다녔던
흔적 흔적들

널리 울려 퍼졌던 종소리
제 몸 닮아지는지
이제
무릎에서 적막감으로 오는
한 접시의 세월

하늘처럼 물드는
황홀함이여!

나이테

저녁단상

하늘이 곱다

우리, 만나는 날

그리고 조용하였다

박옥임

부산 출생, 성균관대 교육학과 졸업. 『문파문학』 시 부문 신인상 당선 등단. 한국문인협회 회원, 시계문학회 회장, 문파문학회 부회장. 저서: 공저 『그랬으면 좋겠다』 외 다수

01

나이테

화사한 햇살
반가워 활짝 웃다
거울에 비친 얼굴 보았다

돌팔매 맞은 유리창
좌르르 퍼져가는 금처럼
웃는 얼굴에 좌르르
군데군데 깊이 팬
굵은 금도 보인다

많이 사랑하고
많이 아팠던 시간들
테마다 고여있는 추억
삭이다 삐죽이 넘쳐나온 흔적
그대로 삶의 결

02

저녁 단상

늦여름 해는 기울고
더위에 지친 마음 풀어볼까
산책길 나섰다

흔히 들리던 풀벌레 소리도 없고
사람들도 눈에 띄지 않는
검푸른 저녁이다

위로인 듯 살풋 불던 바람도 가고 없고
무더운 더위에 지쳐
쳐진 가로수 사이
가로등 불빛만 애쓰고 있다

나도 모르게 딱한 외로움 속
혼자인 듯 얕은 슬픔에 밀려 걷는다
이 밤은 유난히 짙은 울음으로 깊어지고
그 사이 검푸른 하늘가로
하얀 초승이 반짝이고 있다

03

하늘이 곱다

회색 구름
태양을 가려
한숨 머문
바알간 달이 되었다

마주할 수 없던 그 빛
은은히 누그러져 더 짙어진 아름다움
여유롭고 부드러운 하늘이 곱다

다 보이는 것보다
조금 뒤로 물러나
다독이는 자리가
더욱 빛남을

구름 낀 하늘가로
퍼져가는 붉은 태양빛

04

우리, 만나는 날

교복처럼 등산복같이 입고
젖은 벤치에 앉아
흐르는 빗물 닦으며
함박꽃 피운다

하늘 보며 키득대던
그 시간으로 달리는 그리움
눈과 비와 바람과 햇살

함께 맞았던 우리

삐걱이는 세월 속
어깨짐 털어내는 날

05

그리고 조용하였다

스미는 바람으로
환희 피어오르는 잎꽃들

무엇이든 무엇이 되었든
노을로 가득한
하늘처럼 물드는
황홀함이여

이 순간을 위한
절대적 색의 표출

그리고는
투욱툭 툭
떨어진다

낙엽 위에 분열하는 그림 조각들…

이 춘

경남 의령 출생. 『문파문학』 시 부문 신인상 당선 등단, 『창작수필』 수필 부문 당선 등단. 한국문인협회, 문파문인협회 회원, 신시문학회 회장. 저서: 공저 『바람엽서』 외 다수

01

발

기울어 틀어진 창틀 아래
흰 벽면, 빗물 자국이
먼 나라 지도 같기도 하고
큰 새발자국 같기도 하다

기운 틀에 끼인 채
바람에 떨며, 더러 웃는 유리창에
낯선 새 한 마리가 발을 붙여
앉으려 발버둥을 친다

창틀이 나를 닮아 기울 때
비스듬히 함께 흐른 날들의 흔적이
이 모양 저 모양으로 바뀌고,
안타까이 미끄러지는 새의 발은
스스로 족적을 되풀이 지운다

02

풀잎

낮은 곳을 지켜
외진 길섶에 머물며,
어두운 곳에서 고요히

가지 끝에 묻어오는
한 뼘 하늘을 이고,

바람에 스치며
흙의 숨에 귀 기울이며,
증발은 순환의 호소인 양
시련을 모른 채,

잿빛 돌들의 틈에서
굽은 나무의 언저리에서
성급한 갈증을 달래며,
아껴 모은 이슬 방울에는
별빛이 깊어간다

03 빈 집 2

등나무 왕성한 넝쿨에
푸른 꽃송이 맺었을 때
무덥던 여름은 까마귀도 즐거웠네

넝쿨들 뒤엉킨 담 너머
산자락을 도는 냇물 소리에
빈 뜨락에서도 산울림을 들었었지

오늘은, 낡은 청기와 추녀 끝
남은 빗물, 낙수 지는 소리가
시름으로 궁금하다

04

새

투명한 유리 빛이
무거운 회색으로 덧칠된
통유리 창에 기대서서
생각하는, 그 먼 곳 한가로운 곳
기억을 멈추는 곳

빈 우물에는
지난겨울 먹이 찾아
창틀에 기웃대던 새 한 마리가
검은 날개 끝에서
흰 구름 조각을 떨구었다.

숲 밖을 에돌다
수수로이 져 내리는 낙엽에 묻혀

잠시 앉아 쉬는 눈빛
붉은 물기가 흘렀다
가을은 새의 눈에 깊다

05

'까마종'이라는 풀

바람결 이미 찬 언덕길
동그란 잎 시울 아래
이슬처럼 맺혔다가
해질녘 까만 열매가
달빛 아래 가만 가만
서럽다, 부르는 소리

참고 시들다 응어리졌나
까맣고 까만 열매,
불러도 대답 없으니

겨울로 가는 늦가을 길섶에
그립다, 다시 불러보는,
물소리 낙엽 밑에 잦아져도
달빛 아래 다시 피는
새하얀 별 꽃

햇살, 뭉게구름타고 어디 가시네

음 량

그 림 동 영 상

울타리가 되어준 산

햇살 뭉게구름 타고 가네

염 려 가 내 안 에

김복순

충남 천안 출생. 『문파문학』 신인상 당선 등단. 문파문인협회 회원, 시계문학 동인.

01

음량

울림이 너무 크기에 마음이 멀어진다
조금만 조금만 줄여 줬으면

어디를 가도 귀를 울리는 소리뿐

마음에 쉼을 얻는 음률은
어디에도 없다

울림은 청각에 스며들며

들림은 약해지고
음량을 높여 간다

제비도 떠난 도시

자연의 흐름
정도 멀어져 간다

02

그림 동영상

감상하는 밤

휙휙 바람처럼 지나가는
시간

그대 소식

생각속에 넣어 두고 있었네요

지금에야 꺼내 보며
기다려지네요

바라는 마음
욕심쟁이 일까요

03

울타리가 되어준 산

우거진 숲속
외딴 초가집

수탉 목청 높여 단잠을
깨운다

햇님
앞산 빠끔이 고개 내밀며
아침 인사 한다

새날이 시작된다

산골 푸른숲
맑은 공기 한껏 들이키고

논두렁
밭두렁 풀잎 이슬방울
툭툭 떨어내며
동동걸음 분주하다

04

햇살 뭉게구름 타고 가네

햇살
뭉게구름 타고 어디 가시네

저만치 바라보던 먹구름
빠르게 다가와 앞을 가리고
비를 뿌리네

햇살
뭉게구름 간곳없네

05

염려가 내안에

자리잡고 있다가
너의 명랑한 목소리
들려 주니까

맘문 활짝열고 달아나네

비워진 곳에 다시 새롭게
채우리라 다짐 해보네

그리움에 찾아온 정에 메어
다짐은 간곳없고
조아리네

서산 노을 꽃이 더 아름답다

옥 잠 화

어머니의 차 둥굴레

김순례

충남 부여 출생. 『문파문학』 시 부문 신인상 당선. 한국문인협회, 문파문인협회, 신시문학회, 한국문인협회 파주지부 회원. 저서: 공저 『바쁜 웃음꽃』 외 다수

01

옥잠화

파란 손 흔들며 활짝 웃던
친구의 시곗바늘이 걸어오는 듯하다
상자 속에 잠든 시계를 꺼내 테잎을 돌린다
오월의 화창한 옥잠화 꽃밭에서
친구랑 술래잡기하던 필름이 돌아간다

강산이 변하기 전 어느 날
내 꽃밭에 옥잠화 심어준 친구
그렁한 눈으로 손가락 걸고
이제 다 내려놓고 푸르고 희게 살자며
서산 노을 꽃이 더 아름답다 하더니

오늘은 홀로 꽃밭에 앉아
넓고 파란 옥잠화 잎 쓸어안는다
활짝 웃는 꽃잎에 볼 부벼도 본다
꽃구름 떠 있는 하늘 보며

02

어머니의 차 둥굴레

계절이 시려 올 땐
따뜻한 손으로 아린 배 쓸어 주시던
어머니의 모습 아른아른하다
주전자에 둥굴레 넣고 끓는 물에 우려내니
구수한 향이 혈관을 스며
가슴이 촉촉하다

북풍설야 이겨낸 둥굴레 뿌리
뜨거운 솥에 찌고 말리고 볶기를
살 저미는 고통 돌고 돌아
비로소 만인이 즐겨 마시는 너

계절이 시려 올 땐
어머니의 차 마시고 또 마셔본다

시간 진 언저리 닳도록 헤아리고…

김영화

경북 예천 출생.『문파문학』시 부문 신인상 당선 등단. 중앙대학교 예술대학교 전문가과정 문예창작과 수업. 문파문학회 운영이사. 동남문학회, 한국문인협회 회원. 저서: 공저『뭐요?』외 다수

01

층층나무

층층이 돌려 뻗은 가지마다
잎파랑치 낚은 햇살만큼
제 그늘 넓어가는 줄 모르고
욕심내어 일군 하얀 밥 소복이 이고
넉넉한 목소리 여름내 흥겹더니

높은 하늘만큼이나 찬바람 이는
늦가을 숲, 맨몸 홀로 서서
종일 한 마디 나눌 이 없어
시간 진 언저리 닳도록 헤아리고
주변 나무에 몸체 기울여 봐도
살천스러운 앙금에 다가갈 수 없고

잔가지 드나들며 기생하던
황다리독나방처럼
평생 곁살이 하던 자식들마저 떠나고
검불 더미 하나 없는 밑동으로
그믐달 머금은 삭풍만이
속곳 깊숙이 새어든다

02

공존의 문

톱밥을 바위틈에 넣고
물을 부으면 바위가 깨진다지
바위보다 단단하게 맞서던 남북이
하나 되는 꿈을 꾸었어

북반구 중위도에 그은
수십 년 동안 졸라맨 허리
패인 상처 아파하던 지구
깊은 시름에서 벗어나
평화로 단단하게 아물어
삼팔선에 우뚝 세워진 문
자유로이 드나드는
행복한 발걸음 소리
가까이 들려오는 꿈

할아버지와 아버지가
노력했던 일이 헛되지 않고

그늘졌던 한恨
손자와 딸 세대에
바위 갈라지듯 툭 트여
후손들 구김살 없이

학교 조회나 행사 때마다
통일을 기념하는 노래
목이 터져라 부르는
밝은 목소리 갈마드는 꿈

다가가지도 멀어지지도 못하는
온몸이 시린 사내

그 바라기는

비틀거리는 중심으로

우리 영혼의 울림만이 알고 있다네

박명규

경북 영덕 출생, 고려대 경영정보대학원 졸업. 『문파문학』 시 부문 신인상 당선 등단. 한국문인협회 회원, 문파문학회 운영이사. 저서: 공저 『2016 문파대표시선 59』 외 다수

01

그 바라기는

사내의 속울음은 겹겹이 엉켜 석고상이 되어가고 있었다
오랜 세월 돌고돌아 가까스로 만난 그녀

나이보다 고운 모습
푸르러 있기만을 바래왔던 사내
가슴엔 목련화 그득했다

한 카페 창가에 마주한 그녀는 바랜 흑백필름을 풀어내고 있었다 반백이 되도록 단 하루도 그 그림자 지울 수 없었다고 그래도 원망은 않았단다 가늘게 떨리는 소리에 부려진 영상, 버겁게 오르던 삶의 비탈 어디쯤 외론 뒷태가 어른거렸다 왜 헤어져만 했는지 가슴 깊이 박힌 그 물음표 여직 그대로란다 그 바라기는,눈빛 서늘한 이슬 맺힌 순간 화석이된 사내는 울부짖었다 그땐 왜 그 속을 읽을 수 없었던가, 창밖 숨죽인 가로등 가뭇한 한 때를 더듬으며 떨고 있었다

캠프스 한켠 바람센 언덕배기 나란히 곧게 뻗은 두 그루 포풀러는 오년이 넘도록 밝은 햇살을 주고 받으며 푸름을 키워갔다 보라빛 바람소리도 함께들었다 연리지로 오래 머무리라 믿었던 꼿꼿한 두 그루는 하늘만 향하고, 서로 기댈 줄도 잎새를 포갤 줄도 몰랐다

이제, 놀빛 마저 엷어져 가는 저물녘
다가가지도
멀어지지도 못하는
온몸이 시린 사내

02

비틀거리는 중심으로

솟는 울음 눌러 딛고 남북을 종주했다
감겨오는 냉기와 끓어오르는 열기가 섞이지 못하는
이월의 토요일 오후

멀리 여주에서 왔다는 눈 초롱한 할머니
요즘엔 도대체 잠을 제대로 이룰 수 없단다
속이 답답해서 주말마다 출근 하듯 나온다고
불룩한 가방에서 초코렛 한웅큼 내미는 눈빛, 푸르다

남쪽 광장에선 태극기가 힘차게 펄럭이고
북쪽 광장에는 '아침 이슬'이 애잔하게 흘러 퍼져 나간다
경찰차로 둘러싸인 중앙엔 촛불도 태극기도 없는 비무장 지대

한반도 지도가 서울 한복판에 찍혀 있다

촛불은 가두라 타오르고
태극은 사랑하라 나붓낀다
이도 저도 아닌 가슴 잿빛 피멍 깊어 간다

목 타는 영혼들 점점 땅속으로 기어 들어가고
풀이가 안 되는 기호들만 허공을 휘돌다 귓창을 찢는다

소리는 클수록 서로에게서 점점 멀어져 간다

별 닮은 이들 아이처럼 별을 볼 수 있는 날은 언제 일까

내려앉을 곳 잃은 눈발은 허공에
떠돌다 힘없이 지상에 나뒹굴고 있다

03 우리 영혼의 울림만이 알고 있다네

(밥 딜런의 노래를 패러디함)

얼마나 많은 햇살을 받아야
　　　우리 제대로 익어갈 수 있을까
얼마나 많은 하늘을 우러러야
　　　젊은 영혼들 눈 같이 하얘질 수 있을까
얼마나 많은 소낙비가 쏟아져야

실뿌리처럼 엉겨 붙은 썩은 냄새 씻어낼 수 있을까
얼마나 많은 활자가 닳고 닳아야
저 비뚤어진 매체들 둥글어질 수 있을까
얼마나 많은 함성이 울려야
저 잇속에 눈 먼 타짜들 탈을 벗을 수 있을까

형제여, 그 대답은 우리 가슴 깊숙이 숨어 있네
우리 영혼의 울림만이 알고 있네

얼마나 많은 먼 길을 걸어가야
뼛속 깊이 박힌 편 가르기가 사라질 수 있을까
얼마나 많은 촛불이 켜져야
촛불과 태극기가 함께 어울어질 수 있을까
얼마나 많은 험산을 넘고 넘어야
윤슬 눈부신 천지연에 우리 함께 비둘기 떼 날릴 수 있을까

형제여, 그 대답은 저 하늘에 숨어 있네
오직 하늘만이 알고 있다네

눈물 글썽이는 그리움,
거기 있다

임종순

경북 안동 출생. 『문파문학』 신인상 시 부문 당선. 동남문학회 회장, 문파문학회 부회방. 저서: 공저 『뭐요?』 외 다수

01

경계선 없는 그리움

빛이 여과 없이 쏟아지는
생명이 불을 지피는 벌판
대자연의 들숨과 날숨
삶이 요동치며 나래 펴는 곳
바람이 쓰다듬어 가슴 여는 곳

너와 나의 만남의 장
내 것도 네 것도 아닌
경계선 없는 땅

부르지 않은 이도 거기 섰고
약속한 이들도 거기 있다
별똥별 떨어지는 날에
눈물 글썽이는
그리움도 거기 있다

02

폭포 앞에서

천둥소리로 쏟아지는 거대한 장벽
은 나래로 솟구치는 학의 비상

그 모습 소리 높아
만인이 갈망하는 젊음 찾아
예까지 왔다

그래, 넓은 가슴을 가졌구나
뿜고 또 뿜는 정열
사랑을 원 없이 나누었구나
인류를 품에 안고
물 흐르듯 살았구나
패기 넘치는 그 위력 앞에
구겨 앉은 심사 툴툴 털어
네 심연의 물보라 속
운무에 실어 날렸다

쌍무지개 폭포 위에 얹혔다
캠버스 펼쳐놓고 채색하는 여행자
오색 서치라이터를 받는
만인의 연인
환상의 무희
기립 박수를 받는다
셔터 음 청아하게 진동하며
물보라에 음률을 탄다

네 이름 그대로

더 주려고 하지 마라
이대로, 이대로가 좋다
나이야 가라
나이야 가라
너로 말미암아
영원한 오늘로 서 있으려네

03 옥빛에 반하다

대자연의 경이로움
밴프의 에메랄드 레이크 루이스
캐나다의 여왕 눈부신 자태
맘껏 휘둘러 펼쳐 앉은 자리
억만년 숨결이 휘감는다

만년설과 빙하의
침식 작용으로 태어난
신이 주신 선물
그의 가슴에서 카누를 즐기고
그의 몸에 기대어 힐링하는 여행자
그 곁에 하나 된
나의 오늘

유키 구라모토의 곡
레이크 루이스 연속으로 흐르고
옥빛에 취해,
음악에 취해
천국언어 날개를 단다

설산이 옥수에 내려와
몸단장에 빛 세례를 받는다
그 모습에 열광하는 군중의 환호

떨어지지 않은 발길
바투 허락된 여정
다시 오마고
꼭 다시 오마고
선명한 지문을 남겼다

04 로키의 언저리를 훑다

밴쿠버에서 캘거리로
비행기 날개에 앉아
창가 찢어지는 시린 빛을 만나다

푸른 여백에
산더미 같은 목화 솜
바리바리 쏟아놓고
창공에 펼쳐 마름질 하는
장인의 손놀림이 난다

고산지대 트레일이
거미줄처럼 연결된 설원
능선마다 깎아 세운 조각상
파노라마로 일어서 온다
설파 산 웅장한 기상
하늘을 압도 한다

굵은 갈비뼈에 붙은 하얀 근육
골골마다 탄성이다
신의 축복
여행의 백미
로키 산맥 언저리를 훑다

05

송정松亭 해변

도열한 방풍림
송림 사이 부서지는 파도의 춤
용사의 기상처럼 달려왔다 달려간다
해송 미끈한 종아리에
내려앉은 해무
새벽은 분주히 안개 걷기 바쁘다

노송 시린 등걸
역사의 한허리 일러주고 섰다
피톤치드 소나기처럼 내리는
대장정의 길
침엽수 짙푸름 하늘과 맞닿아
울울창창 한 고을 집성촌이다

이 뜨락에 풀어 놓은 벅찬 환희를
뜨겁게 남긴 밀어를
송정의 눈들은 읽고 있겠지
송정의 가슴은 품고 있겠지

경포 해변의 이 풍요를
누구라 칭송하지 않으리
누구라 노래하지 않으리

계절의 손길이 따뜻하다

초여름에

그리움

겨울 한가운데

봄밤

단비

김용구

충남 논산 출생. 『문파문학』 시 부문 당선 등단. 창시문학회 회장, 문파문학회 부회장, 한국문인협회 회원. 저서: 공저 『가을 그리고 소리』 외 다수

01

초여름에

초여름
초록 물감 확 뿌린 듯
끝없이 펼쳐진 보리밭

보리밭 사이 길로 경운기 아저씨
농산물 가득 싣고
휘파람 불며
지나가네

사르륵 사르륵 서로 몸 부비는
보리밭, 다가온 여름 이야기하는데
바람은 보리 이삭 쓸며
저만치 지나간다

02

그리움

멀리 보이는 삼성아파트
손자 소녀 뛰어놀던 삶의 터전
보고 싶어 찾아오곤 했다

모든 것 주고 싶은 생명 줄
아플 때 대신 아파 주고 싶어 했지

손자 손녀
지금 수업에 열중할 것이다
미국 인디아나 함께하던 몇 개월
보이지 않은 어려움 순간 순간 스쳐갔다
시간 흐름 침묵 속
가슴의 한 구석 지워지지 않았을 것이다

03

겨울 한가운데

지금은 치유시간
고요한 겨울 휴식을 즐기듯

스쳐 가는 바람
아스라이 남긴 눈 속 발자국
응시해 봅니다

이런 여유로움 지나면
초록 옷 입은 계절
매서운 바람 아쉬워할 것입니다

한냉한 겨울
가벼운 음률
살며시 미소 지어 봅니다

성서말씀 '너희 염려를 다 주께 맡겨라' 구절
머리에 아른거리는 날
아파트 사이에 보이는 먼 산 바라보며
계절의 변화 속
문득 손자 손녀 생각 아른거립니다

04

봄밤

기다리던 봄 대신 성큼 와버린 여름
잃어 버린줄 알았던 봄
밤에 되어 찾았네
멀지 않은 곳에 소쩍새 울음
내가 좋아하는 소리
이쪽 저쪽 '소쩍 소쩍'
주고 받는 사랑 속삭임
봄 밤이구나!

달빛 라일락 향기 은은한
봄의 밤
밤의 봄

생명 밝음 속
계절의 손길이 따뜻하다

누구와
옛 추억 반추하고 속삭이는
봄 밤

05

단비

새벽
바람 벗 삼아
기다리던 단비 내리네
우산 찾아 거니네
그토록 목말라 했던 너
꿀샘 흐르는
어머니 젖줄

빗님

우리 마음 흡족히 내려 주렴
바람
솔솔 불어 주렴
감미롭게

향기 나는 찔레꽃 한 아름 안고…

김문한

대전 출생. 『문파문학』 시 부문 신인상 당선 등단. 문파문인협회, 한국문인협회, 창시문학회 회원. 모던포엠, 한결문학회 동인. 서울대학교 명예교수, 공학박사, 건축사, 건축시공기술사. 저서: 시집 『내 마음 봄날 되어』 『그리움 간직하고』 『바람 되어 흘러간다』 『뿌리』, 공저 『가을, 그리고 소리』 외 다수

01

들녘길에서

답답할 때
하던 일 멈추고
멀리 보이는 산, 높은 하늘을 바라보며
들녘에 간다

온갖 풀들이
저마다 생을 노래하고
눈에 띄지 않은 곳에
이름 모를 꽃도 피어있다

저 풀과 꽃
아무도 돌보는 이 없는
외로운 들에서
뿌리 탓하지 않고
비바람 참고 견디며
활기차게 살아가고 있지 않은가

걷다 보니
들길에는 누군가 걸어간 발자국이 있고
길가에는
소중하다고 생각하지 않았던 꽃들이
산들바람에 춤추고 있다

하잘것없다고
눈여겨보지 않았는데
삶의 들녘 지키는 저 풀과 꽃
누가 보던 말 던
자기 몫대로
지구를 가꾸고 있으니
이에 더한 기쁨 어디 있겠나.

02 꽃과 나그네

가도 가도 끝이 보이지 않아
한숨과 후회로
되돌아갈까 망서리다
길가에 피어있는 이름 모른 꽃
너무나 아름다워 한참 보고 있는데
얼굴만 보지 말고
냄새만 맡지 말고
깊은 겨울 맨발로 견디고
봄 되어 솟아난 줄기
때 아닌 진눈깨비로 몸살
비바람 참으며

꽃다운 꽃 되어
모든 이의 미소되려고 한
마음보라 한다
낙심하던 나그네
지금껏 걸어온 길
얼굴만 생각하고, 냄새만 생각했지
따뜻한 마음
생각하지 못한 것 부끄러워
꽃처럼 되어야 한다며
신발 끈 다시 조여 매고 힘차게 걸었다.

03

찔레꽃

푸른 청 보리 거들거릴 때
뒷동산 언덕배기에
수줍게 피어있는 꽃
향기 진하지 않아도
은은한 냄새
들녘 골고루 퍼졌다
철모르는 우리
병정놀이하다 배고프면
연한 새순 꺾어 먹으며

하루해가 지는 것도 몰랐다
찔레꽃잎 질 무렵
어느 친구는 전쟁터에 갔다고도 하고
독일 광부로 갔다고도 하는데
달빛 부서지는 어느 날 밤
멀리 떠난 그들이
하얗게 웃으며
향기 나는 찔레꽃 한 아름 안고
다가오는 흘러간 언덕길
그리움 가득 황혼을 적신다.

04

홀씨는 살아있었다

현관문 드나드는
바닥 콘크리트 갈라진 틈
눈여겨보지 않았는데
밤이 되어야 별이 보이듯
잎 솟아나서야, 그 안에 민들레
홀씨 하나 살아 있었던 것을 알았다
드넓은 들판을 두고
숨 막히는 황무지에 내려앉았을 때
얼마나 당황하고 마음고생이 심했을까

말할 수 없는 고독
삶의 시련을 극복하며
운명 탓하지 않고
기어이 뿌리내려 꽃 피었다
머지않아 홀씨 날리려는 당찬 모습
하루의 무거운 다리, 현관에 들어설 때
깊은 생명력, 대를 이으려는 사명감
볼수록 힘이 되고 믿음직하다.

05

가을이 떠나던 날

바람이 차가웠던 날
저수지 뚝 가의 개망초꽃
오늘따라 슬퍼보였습니다

어제만 해도 수줍게 웃었는데
밤사이에 내린 서리로
여기 저기 상처 나고
눈물 자욱 가득했습니다

안타까워 다가가
시든 꽃 어루만지니

멀어져가던 가을이 들에서 산에서
울어대는 소리 들렸습니다

떠나는 계절 애처로워
어찌해야 좋을지 망설이고 있는데
저수지에 떨어지는 단풍잎 소리
내 마음 더욱 시리게 했습니다

바람만 무성해서 말이 없다

마침표 없는 편지

창공에 쓰는 편지

한 줄기 바람

어긋난 사랑

마음의 바다

김건중

전북 완주 출생. 국제신문 정치부기자, 정치부차장, 국가보훈처 공보관, 광주지방보훈청장, 부산지방보훈청장, 보훈연수원장, 홍조근정훈장. 『문파문학』 시 부문 신인상 당선 등단. 한국문인협회, 창시문학회, 문파문인협회 회원. 대한민국 미술협회 회원, 대한민국 미술대전 2회 입선, 개인전 1회 (서울 갤러리). 저서: 시집 『길 위에 새벽을 놓다』, 공저 『가을 그리고 소리』 『그림이 맛있다』 『2015 문파대표시선』. 수상: 2015년 문파문학상(특별상)

01

마침표 없는 편지

접동새 울음 키우는 저녁 삼경
머리숱 갈라지는 상상 붙들고

시상詩想 넓혀 보는데
건넌방 어머니의 재봉틀 소리
밤을 울려 돌. 돌. 돌아가고 있었다

찾는 자에게 문이 열리는 것일까
어미니 재봉틀 한 바퀴 돌 때마다
내 원고지 활자판 찍어 돌아가고
옷감은 촘촘한 바느질로 휘감아 돌고 있었다

어느 날 멀쩡한 재봉틀 갑자기 멈추고
바늘 뚝 부러지던 날
어머니의 바다는 사라지고
내 원고지는 영영 빈칸으로 남아 있었다

무딘 세월 가고
염혼의 주소에서 내려온 환상
꿈을 깨보니
어머니의 글씨로 꽉 찬 편지 한 장
남아있는 빈칸에 마침표가 없다

살아난 재봉틀 다시 도는 소리
돌. 돌. 돌아가고 있었다

02

창공에 쓰는 편지

어둠을 안고 서서
스르릉 거리는 아련한 것들
몸살 나게 피어오는데
집배원이 없는 편지를 쓴다

빗길을 스쳐간 자리에
발자국 남기고
을씨넌스런 슬픈 여자가
처마 밑에 손짓한다
사랑의 뒤안길에 숨어버린 그대
운명의 탈을 쓰고 건너지 못한
강물은 파도처럼 출렁인다

묵직한 바람만 삼키고
천년을 아우르는 메마른 가슴
훔쳐볼 수 없는 금고에 가두고
바람만 무성해서 말이 없다

넘실거리는 사연을 해몽하려는 듯
어설픈 사내가 혼미의 시어를 더듬지만
추억에 함몰된 뒷이야길랑
하얀 달빛 지난 후
먼 고향에서 풀어보자고 끝을 맺는다

03

한 줄기 바람

바람의 초대받은 사연들
바람의 무게에 방향을 잡고
풍향기 흔들림 따라
삶의 여로 가꾸어왔다

세월의 낙엽들 쏟아 놓고
한껏 부풀린 양지바른 시간도
상념의 고개너머
엇박자에 우는 슬픈 에너지도
쉿물 녹아 내리듯 흐르고

피어나는 장미 위에 얼비친 노란 달빛
바람꽃으로 피어난 사랑의 불꽃

깨지지 않는 약속이라 믿어
만리장성 쌓아 왔는데

삭풍에 매달린 잎새 하나
슬픈 이야기 떨어질 때
한 줄기 바람 스쳐가는 쉼터
잡풀만 무성하게 누워있다

04

어긋난 사랑

만만찮은 삶의 여로에
닥치는 어긋남은 슬픈 이별을 낳는다

숙명이라 믿었던 그녀
길의 엇박자로 허공에 뜬 사랑
풀풀이 사라진 내력 몰라
목만 길게 늘어진 갈망
애끓는 봉선화 꽃만 검붉다

님이라는 글자로 시작된
사랑의 편지 첫장
박제된 시간 살펴 보다

행복이란 웃음 뒤에 숨은
쓰라린 마음의 텃밭

그와의 주고받은 말의 성찬
해바라기 씨앗 말리듯
뙤약볕에 가두고

사나운 운명이라 마음 돌려도
꿈에서 살아나다가 올 것 같은
허기진 이야기
그리움 밤을 토해
휘파람으로 흘려 보는 슬픈 이별

05

마음의 바다

새우등 휘어진 허리춤에 달고
마음의 바다는 하얀 꽃밭이다
햇살 금 비늘 번쩍이는 아침
망망 해안선에 풍랑의 깃발 세우고

신호등 없이 드나드는 뱃길에
파도가 넘지 못한 그리움 싣고

통통배 밧줄을 훌쩍 넘겨
갈매기 나래위에 실어 보낸 옛이야기

소라의 꿈속에 뭍으로 향한
바람.
별빛 바다 속에 가라 앉아
우주의 이야기 전해줄 때
등대에 매달린 까만 밤
백사장 그늘위에 달이 뜬다

만선으로 돌아오는 고깃배
날선 항구에 풍어가 울리고
꿈꾸며 기다리던 어부의 아내
치마폭이 펄럭인다

타오르는 가슴 하나로 좋았다

김용희

충청남도 논산 출생. 『문파문학』 시 부문 신인상 당선 등단. 문파문인협회, 한국문인협회, 호수문학회 회원. 서울미술협회 회원. 저서: 동인지 『소중한 오늘』 『바람의 작은집』 『내안, 내 안에서』

01

행운목

이사 가면서 버려진 행운목
물과 거름을 주고 정성 다 들여 키웠다
집안에 들여놓으니 의젓하다
가을은 문턱으로 다가오고
겨울 문 열고 들어섰다
가지와 가지 사이로 올라온 꽃대가
꽃도 아닌 것이 잎도 아닌 것이
매달려 있다
몽실 몽실 꽃송이 매달려
저녁 다섯 시면 꽃향기 은은하고
여섯시 거실에 나갈 수 없이 진한 향기
눈송이 보다 희디흰 너

아침 향기 간데없고
행운목 향기 따라 떠난 사람

02

바람과 이슬

높새바람 하늬바람 친구 하잔다
벗을 삼아 긴 여행길 떠난다

노여움 대단한 회오리 바람 소리
빙 돌아오는 반환점에서 다시 만나는 너

눈에 보이지 않는
작은 물방울 모여 이슬이라는 이름
이슬 맞지 않고 사는 세상 없다
어느 곳 바람 지나가지 않는 곳 있겠는가

바람 소리 조용히 다가온다
가을, 겨울바람
봄, 여름바람
이슬은 소낙비로 변하고
바람은 폭풍으로 바뀌어 한데 어우러져
돌풍이 되어 세상 할퀴고 지나갔다

03

안개구름

산 정상 오르려고 몸부림
바위모서리 난간 아슬하게 지나가고
낭떠러지 괴암사이로
돌덩어리 낙석이 되어 우수수 무너진다

인생길 땜질 하면서 살듯이
잿빛구름사이로 뭉게구름 지나간다
땀이 비 오듯 쏟아지고
봄부터 여름까지 자란 무성한 나무사이
소슬바람 지나가니 시원하다
산과 깊은 인연 맺고
떠나는 발걸음 가볍다

04

종부와 돌나물

로우엠버색 줄기 세상 향하여
내미는 손 햇빛과 바람이 잡아준다
흙길 탑승권 받아 쥐고 열차에 오르고
유월 돌나물 파란 에메랄드 매달려 있다
허구 많은 나물 중에 제일 작은 나물
풀밭 내 집 삼아 한 모퉁이 차지하고 있다
오늘도 삶의 무게가 어깨 누르고
무거운 물동이 이고 또아리도 없이
큰 나무 타고 올라가도 작은 나물,
그렇게 가녀린 모습
바라만 보아도 마음이 시리다
만나면 안아줄 말들이 많은데 지나가 버린 언어

나물 중에 제일 큰 나물
노란 꽃 피울 날 기다리며 사는 돌나물

오늘도 에메랄드 쪽도리 쓰고
종부의 삶 이어가는
무한한 찬사

05 연인

봄날 모든 꽃봉오리 벌어질 때
새들 노래하고

침묵으로 말하는
아지랑이 아른거리는 사랑
타오르는 가슴 하나로 좋았다

꽃과 나비로 서서
바라만 보아도 좋은 두 사람
천둥 번개 쳐도 함께 일어서는

그렇게 행복했다
그래 그렇게 참사랑은 변치 않는 거니까

하늘을 보고
사람을 부른다

경용현

충북 괴산 출생, 백석대학교 신학과 대학원 졸업. 『문파문학』 시 부문 신인상 당선 등단. 문파문인협회, 신시문학회 회원. 파주시 금촌 성결교회 명예목사. 수상: 제4회 파주시 사랑의 편지쓰기 공모전 입상. 저서: 공저 『바쁜 웃음꽃』 『풀잎피리』 『2016 문파대표시선 59』 외 다수

01

담쟁이의 길

정해진 길도
보이는 길도 아니다
무작정 잡히는 대로 올라간다

아찔한 절벽을
한번 쉬고 두 번 쉬고
건너뛰어 있는 힘을 다해 기어오른다
생명의 강인한 숨결만이
나를 지켜 줄 것이다

나 혼자가 아니다
함께 오르는 여린 잎들. 잎,
위기는 다 가지고 있다
내가 곧 위기다

더불어 함께 가야 하는 길이다
이웃이 되어 사선을 오르고 있다
손에 손을 잡고
모든 운명이 각자의 손에
있다는 것을 알고 있다

02

들녘

가을바람이
차가워지면
대지의 품으로
떠나가는
낙엽의 순리

뜨거웠던 태양의
쓰라림도
긴 외로운 여정 속에
빛 고운 단풍처럼
아름다운 순간을 위하여

다 날리고
공허한 들녘 위해
서양노을
가슴에 안고
누워 있다

03

풀잎

작은 비바람에도
부딪치며 서걱거려도
살아가는 것
그게 사랑이지

하늘 아래
부는 바람 차가워도
함께한 생명의 줄기
연약한 잎, 풀잎
하늘을 보고 사람을 부른다

04

모래섬의 사랑

사랑은 모래섬에 만든
조각배 같은 집

바람 따라
떠밀려간 썰물에
물거품만 출렁인다.

목메이게 불렀던
사랑의 고백도

벼랑 끝
파도에 부딪친 소리만
요란하니

조각난
눈물 덩이가
가슴 속
응어리가 되었네

05

벼랑 길

굽이굽이 돌아가는
인생길
칡 넝쿨 휘휘 감긴
끝없이 오르고 또 오르는
벼랑,
풍랑 바다에 솟아 있는
바위가 깎이고 깎이듯이
더 깎아져야 하는 지

짧은 생애에
발을 굴러 그네를 밀어본들
더 이상 나가지 않는 종착역

눈에 띄진 않지만 빛이 나는 그대

정정임

충남 아산 출생. 『문파문학』 시 부문 신인상 당선 등단. 문파문인협회, 동남문학회 회원. 저서: 공저 『1초의 미학』, 『껍질』 외 다수.

01

나비를 품다

흔들고 싶다
흔들리고 싶다
자꾸만 흔들린다

그의 눈빛
그의 웃음 속에
나의 미소도 섞이고 싶다

그가 먼 곳을 바라보면
내가 그의 먼 산이 되고
그가 가까운 곳을 바라보면
내가 그의 발밑이고 싶다

눈에 띄진 않지만
빛이 나는 그대

나도 그대의 빛이 되어
같은 곳을 향해 바라만 보고 싶다

02

당신의 그림자

힘들겠거니
아프겠거니
조금만 쉬었다 하지
그저 바라 볼 때만 해도
사랑인줄 알았습니다

돈 봉투의 두께만큼
파스를 붙여주고
자고나면 괜찮다는 당신의 말 한마디
철썩같이 믿었을뿐
내 발등에 불이 떨어지지 않아
뜨거운 줄 몰랐습니다

아픕니다
당신이 아프니 내 맘이 아픕니다
슬픕니다
당신이 슬프니 나 역시 슬픕니다
힘듭니다
당신이 힘드니 나 또한 힘듭니다

내가 당신이듯
당신이 나 이니까요

03

봄의 소리

대지가 품은 자연
꼼지락
꼼지락
겨울을 밀어내는 봄의 발길질

탯줄끊자
잎이나고 싹난자리
배냇짓 웃음

옹알 옹알
재잘 재잘
입봉터진 꽃들의 향연

단내나는 열매되어
대지의 품을 찾는다
옷장을 여닫는 계절의 소리

04

쓰레기통

깡통으로 맞다가
껌 붙은 얼굴
양심 던진 종이컵에
흐르는 갈색 눈물

더러움을 감춰주려고
더러움을 삼켜주신
내 어미의 마음처럼
끌어안아 내몰린 차가운 시선

늘 그러려니
늘 그러려니

이젠 그 눈물 닦아
단장하는 내 얼굴에
활짝 웃는 세상

05

공사 중

몸속에 난 길 위로
차가 들어온다
술
담배
커피

방향을 잃은 차들의 질주
내 몸을 달린다

긴 터널을 지나
생명선을 넘어선 차들
싸이렌 소리 요란하다

좁은 관 속으로
덤프차가 지나가자
혈관을 막아서는 어두운 피

메스를 든 병원 입구에는
공사 중 팻말이 세워진다

그리운 연인이 떨고 있을까?

뻐꾹새 울며 간다

뱃고동 소리

그대 보고 있나요

달빛이 숨어보네

스쳐 가는 바람

이주현

경북 영양 출생. 『문파문학』 신인상 시 부문 등단. 창시문학회, 문파문인협회 회원.

01

뻐꾹새 울며 간다

염치없어 우는 줄
알지 못하지

애절한 울음 속 그리움
아무도 알지 못하지

이산 저산 헤매며
불러 본들

변해 버린 새끼 모습
알 수 없고

메아리 슬피 울며
돌아온다

청산 깊은 골
해는 저물고

자연의 섭리
변할 수 없으니

세월 등에 업혀 울며 간다

02

뱃고동 소리

배는 가물가물 멀어져 가는데

그대 마음 돌아와 가슴에 파고든다

귓가에 고동 소리 더 가까이 울리고

갈매기 따라가며 이별 서러워하고

두 줄기 강물 소리 없이 흘러

가슴에 옹달샘 만들었다

오마던 약속 세월 속에 묻히고

고동 소리만 귓속에 울고 있다

03

그대 보고 있나요

가을이 떠납니다
보고 있나요

지난날
소복 쌓인 단풍길
까치발로 누가 더 멀리 가나 내기 했지요

난 발목 접고
손을 들었지만
그대는 내 지팡이가 되고 말았지요

해마다 그날이 오면
홀로 그 길을 걸어갑니다

까치발로
오지 않는 그대를 기다리며

가을이 떠납니다
보고 있나요

04 달빛이 숨어 보네

나뭇잎 사이로 어릿어릿
창호지 비집고

이리저리 엿본다
그리운 연인이 떨고 있을까 봐

삭풍이 부는 날은
더 어릿거리고
문풍지 우는 날은
같이 울고

밤새 뜬 눈으로
하얀 새벽에 밀려
쓸쓸히 떠난다

05

스쳐 가는 바람

외로움이 나를
물어뜯으려고 해도

스쳐 가는 바람일 뿐
허한 가슴속으로
불러들일 순 없다

바람도 약한 실바람인 걸

잠시 허적일 뿐

저 하늘 성난 구름처럼 맴 돌다가
소낙비 한 자락 쏟아 붓고

밤이 오면 어제처럼
별도 달도 화안하다

그중에 엄마의 시간은 없었습니다

원경상

경기도 과천 출생. 『문파문학』 신인상 시 부문 등단. 동남문학회, 문파문인협회 회원. 저서: 동인지 『1초의 미학』 외 다수.

01

침묵의 기도

해가 바다를 허공으로 끌고 가
순백의 눈을 만들었다
솜털 같은 몸으로 모두의 허물 덮어준 눈의
손 모은 기도

온 세상아 하얘져라
밤낮 없이 이어지는 침묵의 기도
하늘도 감탄하여 햇살 비추니 눈 녹은 눈물
생명의 원천수가 목마른 대지 적신다

죽어서 다시 사는 저 눈물의 부활
꽁꽁 얼은 몸과 마음 녹이고
잘못은 용서하고 더러운 것 씻으며
원수까지 사랑한 저 침묵의 기도

02

그때를 아시나요

나 어릴 적 배 울면
풀씨 옷 벗겨.
입으로 후후 불어 날리고

산에 올라 나무 창고 털어먹었다
소나무 팔 꺾어 하모니카 힘껏 불적에
옥타브 음은 없었다
술찌검이 얻어먹고 바알 간 얼굴
학교가 공부할 때 술 취했다
선생님께 야단맞던 일
이 설음 저 설음 중에
배고픈 서러움 제일인 것을
하늘과 땅은 알겠지
꿈에 그린 책가방
살 돈 없어서 하얀 책보 어깨 메고
징검다리 건너 집에 오는 길
신 닳을까 신발 벗어 손에든
검정 고무신
그때는 죽을 만큼 가난했었다.

03

엄마 왜 그랬어

날 낳고 기르실 때
울 엄마 배 곯은 줄 몰랐습니다
내 입에 밥 들어가는 것이
제일 예쁘다 하시면서

엄마는 먼저 먹었다는 그 말을
믿었습니다
내가 배불리 먹으면
엄마 입에 들어갈 것
없는 것을 몰랐습니다
엄마 손발 닳고 닳아 260 뼈마디
숭숭 뚫린 것을 몰랐습니다
말털같이 길고
쇠털같이 많은 날
그중에 엄마의 시간은 없었습니다
엄마는 먹은 줄만 알았습니다.
자식 낳아 길러보니
엄마사랑 이리 큰 줄 몰랐습니다

04

빙산의 눈물

북극이 운다
제 몸 가르고 쪼갠
빙산이 죽어간다
어름 조각 둥둥 떠도는 북극 바다
빙산의 눈물바다
천년 태양은 타오르건만

삶의 터전 잃어버린 백곰 한 마리
집도 절도 없는 망망대해
어름 조각 배 타고 갓난아기 데리고
어디로 가야 하나
사방팔방 흩어진 가족
무얼 하는지 백곰 눈물 뜨겁다
그날은 빙산도
바다도 같이 울었다

05

붉은 고추

저 붉은 고추도 시작은 초록이다
햇살 한줌 먹고 빨개진 고추
그 안에 새 생명 잉태한 고추
살금살금 산기슭 저녁이 오면
빨갛게 빨갛게 불타는 고추,
바람이 고추 따서 지붕 태웠다

해마다 봄은 내게 그렇게 왔다 가곤했다

윤정희

전북 익산 출생. 시계문학회 회원. 『문파문학』 시 부문 신인상 당선 등단. 저서: 공저 『그냥 또 그렇게』 외 다수.

01

내게 오는 봄

앉은뱅이 스케이트를 타던 개울에 얼음이 주저앉으면
정희야 반찬 장만하러 가자
아버진 삽을 들고 난 세숫대야를 들고
방뚝 길을 훑고 오는 소소리바람을 듬성듬성 밟고 갔어
개울 좁은 곳 성을 쌓아 물길을 막고
얼음을 두드리는 휘모리장단에 쩍쩍 깨어지던 추임새
놀란 물고기 떼 몰려들어 뿌끔 거렸어
물을 차고 오르는 물고기를 낚아채 비상하는 황새처럼
줄달아 싱싱한 물고기 아나- 정희야 받아라!
요놈 참 살졌다 요놈 참 알뱄나 참 통통하다
푸드득 푸드득 살진 놈도 알밴 놈도 풍장 놀이를 했어
물손 걸다는 내 아버지 손 따뜻해 어미 품인 줄 알았나!
숨바꼭질을 하던 풀 섶으로 알았나!
행여 지난여름 미역 감고 물장구치고 쫓으며 함께 놀았던
물고기들이면 어떡하나!
뚝방에 쪼그리고 앉은 구접 베기 머릿속이 복잡했어
저녁 밥상에 오를 반들반들 젖은 눈을 보니 안쓰러워
제 성질을 못 견디고 뛰어대는 물고기
너도 성질이 나서 아버지 모르게 물속에 던져 주었어
됐다 이만하면! 아버지의 환한 얼굴이 봉긋한 쌀밥 같았어
배꽃 같은 웃음 속에 우리 일곱 식구 밥숟갈이 왔다 갔다
해마다 봄은 내게 그렇게 왔다 가곤 했어

02

내 남자가 이상하다

그와 함께 강산이 네 번이 바뀌는 동안
즐겨 흥얼거리던 소리
돌아오라 소렌토로, 오- 솔레미오 단골송을 들을 때
그의 등 뒤에서 무성한 젊은 날을 보며
가슴이 아리고 눈이 젖음은 왜 이었을까
메기의 추억을 부르던 내 등 뒤에서 내 남자는
나의 무엇을 느꼈을까

언제부터인지 튜닝을 한 그의 레파토리가 아리 아리송하다
사랑을 한번 해보고 싶어요. 아-주 멋진 여자를 만나
이 남자 노래방 갔다 왔나 흥이 지금도 남았나.
목울대를 세우며 안동역을 부르는 모습 예사롭지 않다
눈을 지긋이 감고 앉으나 서나 당신 생각 떠오르는 당신 모습
왜 이리 간절한 지조 높은 남자의 세레나데여

예상하지 못한 이 미증유의 역치 어쩌면… 그럴 수도
상상은 나래를 펴고 파들파들 가슴 한 골짜기엔 잉걸불이 인다.
멋진 여자와 사랑하고픈 것 제 눈에 안경이고 제 감정이지
밤새 안동역에서 떨어보라지 스쳐가는 바람일걸.
앉으나 서나라고 오매 불망일세 그려!

소설을 쓰던 여자

그의 감정을 반 토막을 낼까 주리를 틀어 말어 장 몇 대를 칠까
존심이 있지 나도 맞불작전이다
첫사랑 만나던 그날 얼굴을 붉히면서- 춤추던 사랑의 시절
내 주특기 꺽기에 쩍쩍 달라붙는 음색에 감정을 버리어 댔다
내 마음을 읽은 것일까 지조 높은 남자는 긴 눈꼬리만 접는다.

03

둥굴뱅이 엄마

가을 고구마밭에 통통 살진 굼뱅이처럼
희미한 등잔불 밑 둥굴뱅이 엄마
대한민국, 우리나라태국기, 무궁화 우리나라꽃
몽당연필에 침을 발라 꾹꾹, 바둑이 병아리 토끼
좋아하는 동물 이름을 그려 댔다.

뭉실뭉실 꿈을 그려대던 둥굴뱅이 엄마는
똑, 심이 부러진 몽당연필을 보며 치자꽃같은
희고 맑은 웃음을 샐죽 물고 작기장만 펼치면
귀신같이 온다는 잠을 꼬깃꼬깃 팔베개 해 잠이 들었다.
가끔은 작기장에 그림들 팔랑팔랑 넘겨 대는지
뱅긋뱅긋 웃기도 하며

간간히 엄마의 글공부를 살피는 아버지

얼마나 공부를 했는지 보자는 말에
즉 아버지 아직은 안돼요 이-따 가요라는 작기장엔
아버지이름 윤석구, 엄마이름 박기순, 우리 오 남매의
이름만 반듯반듯 웃고 있었다

아무리 써도
즉 아버지 이름허고 우리새끼들 이름 밖에 생각이 안나요
세상에 내 이름을 이렇게 잘 쓰는 사람을 본 일이 없어
우리애들 이름 이렇게 이쁘게 쓰는 사람 당신밖엔 없을 것이여
아버지의 햇살 같은 다독임에 엄마의 왕방울이 젖고
엄마의 글이 영글어 가는 곁에서 우리 오남매도 벙글벙글
둥굴뱅이가 되었다.

04

병영 씨, 정희 씨

그와 난 지금도 서로에게 못하는 말 있다.
남들이 그리 정겹게 부르는 여보라는 말
왜 그리 낯 간지럽고 등이 스멀거리는지
난 이사람 그는 저 좀 보세요로 살았다

이 사람도 저좀 보세요도 못하는 말 있다
그니도 사랑 저니도 사랑 그 흔한 사랑타령

저좀 보셔요 에게 듣고 싶은 사랑 한다는 말
가뭄 든 오뉴월 콩잎이 단비 기다리듯 해도
하늘엔 구름 한 점 없다.

토라져도 모르세요. 답안지 줘도 모르세요.
돌아앉은 바위 같은 저 좀 보세요,
올라 갈 수 없는 곳에서 따와야 하는 물건이냐
너무 비싸 사올 수 없는 물건이냐
저좀 보세요는 그걸 꼭 말로 해야 혀! 역시!
이 사람은 서운함이 해가 묵었다.

어느 날
커피 잔을 내 앞에 놓고 정희 씨 드세요.
돌아서는 등 뒤에 눈 잘근 감고 싸랑해요~병영 씨!
목마른 사랑이 화살을 힘껏 당겼다
통증이 심했나! 급하게 등 돌린 저 좀 보세요.
차마 얼굴보고 못할 말인지 돌아서서 미~ 투!
안 들려요 뭐라 구요. 이 사람아 마찬가지라고. 역시!

강산이 네 번이 바뀌어도 금단의 언어인지
세치의 혀끝에서 해금되지 않은 여보란 말은
이 사람은 정희 씨, 저 좀 보세요는 병영씨로
누구의 소유가 아닌 그냥 나로 너로 海印
늦바람에 날마다 매직에 걸렸다.

05

청학동 순둥이 엄마

전화를 했다
순둥이 엄마에게
누구냐?
엄마 딸!
우리효녀 딸이여! 시상에 제새끼 음성도 몰라 봤네
구절구절 엄마의 웃음소리가 맑은 숲 솔바람 같다

엄마는 청학동 순둥이랴!
누~가?
큰사위가!
우리 큰사위가 그런 말도 혀~어
한 옥타브 올라간 깨엿 같은 웃음을
엄마는 잘근잘근 깨물고 있다

야~!
막내 사위는 이날평상 아버지 사위여서 행복하다고 혔는디
둘째 사위는 우리 둘째딸 만난것이 행운이랴 혔다는~디
큰 사위는 우리 효녀딸 이쁘다고 혀~?

우리 도도 남은 술한잔 하면 제일 이~뺑! 하데
팔불출 노래에 심사가 노긋노긋 해진 엄마
자지러지는 보약을 한 사발 들이키고 있다

그리운 이를 그리는 열병을 앓고 싶다

영 혼 명 상

가 을 이 오 면

그 냥 살 아 봐

그리운 이름 그리는

봄 비

심웅석

충남 공주 출생, 정형외과 전문의. 『문파문학』 시 부문 신인상으로 등단. 문파문학회 운영이사, 시계문학 회원. 저서: 공저 『그냥 또 그렇게』 외 다수.

e-mail: grayman75@naver.com

01

영혼 명상

관을 짜서 옆에 두고 한번씩 들어간다

아무도 없었다
빈 손으로 혼자 가는 길,

나는 누구인가
어디쯤 가고 있는가

봄에는 꽃이 피고, 단풍은 가을에 물든다
눈은 겨울에 내리고 강물은 바다로 흐른다
별은 하늘에서 빛나고
나는 바람되어 웃는다

보이는 것은
파아란 하늘에 흰 구름

남는 것은
물소리 바람소리 그리고,
발자국

02

가을이 오면

첫사랑의 애수에
이슬비처럼 촉촉이 젖어듭니다

기러기 떼 타고
님에게 날아갑니다

사무치는 그리움에
핏빛으로 물든 단풍 되어 타오릅니다

낙엽지는 소리에
철없이 기다려집니다

가을이 오면,
코스모스처럼 조용했던 그 님의 행복
둥근 달님에 빌어봅니다.

03

그냥 살아봐

봄날의 꿈이여 꽃의 향연
그 시절 다시오지 않는다 해도

슬퍼하지 말고 그냥 살아봐

여름날 폭풍우 몰아치고
천둥번개 캄캄한 하늘
꺾이지 말고 그냥 살아봐

태곳적부터 이어지는
존재의 영원함을 믿고

죽음을 초월하는 고뇌苦惱 속에서
지혜智慧를 깨쳐주는 세월 속에서

04

그리운 이를 그리는

낙엽이 쌓이는
이 가을을 밟으며
멀리 떠나고 싶다

산새들 잠들고
풍경 소리 은은한
산사山寺도 좋고

철새 떼 날고
작은 배 하나 떠가는
바닷가도 좋다
거기서
그리운 이를 그리는
열병을 앓고 싶다

05

봄비

소리 없이 내리는 봄비 속에
창窓 넓은 카페로 달려간다.

조용히 내리는 봄비 따라
조용히 꽃잎도 오시려나

안갯속에 내리는 봄비 따라
안개비 속에 오시려나

기약 없이 내리는 봄비 따라
기약 없이 오시려나

내려라 비야
겨울이 서럽지 않게

꽃은, 잎눈 품는다

최스텔라

본명 최복래. 『문파문학』 신인상 당선 등단. 동남문학회 회원.

01

日常

거대한 누에가 꿈틀거린다
서서히 움직여
이내 어둠 속을 질주하더니
힘에 부쳐 신음을 내며 선다
마디마다 표피를 뚫고
무리들이 쏟아져 나온다
상처는 아랑곳하지 않고
별이 총총한 블랙홀로 사라진다
기다리던 또 다른 무리가
빠져나간 자리를 뚫고 들어간다
모두가 전투에 임하는 병사들 모양새다
핸드폰이란 최첨단 무기를 들고
제각기 폰 안에서 전쟁놀이를 한다
포켓몬을 잡으려 사고도 불사한다
온몸의 근육 이완 없는 팽창을 한다
옆사람과 정담은
이미 사라진 지 오래다

02

겨울나무

연일 불어대는 날선 바람
품었던 자식들
하나
둘
떠나보내고
겨울보다 더 추운 칼바람 앞
홀로 서 있다

혹한의 겨울
힘겨운 봄을 준비한다
눈발이 햇볕을 막아서고
찬바람이 훑고 지나지만
상처를 감싸 안고
꽃눈, 잎눈 품는다

그의 피는 아직 뜨겁다

나목 뒤로
봄을 입은 여린 잎이 숨 쉰다

03

난지도

사람들은 버렸다

버림받은 그들이 모였다
힘든 삶을 펴 날랐던 등 굽은 신발
할머니에 할머니의 고단함을 담아냈던
빗금 간 항아리
해를 거듭하는 세월 속
지키지 못했던 약속들
고향 집 사립문 앞에 서성인다

살아온 삶을 토해 낸다
그들의 젖은 소리는
시가 되고
노래가 되고
소설이 되고
고해소의 눈물이 되었다

하늘공원 길이 열리고,
외면했던 사람들 모여든다
내 유년의 이야기들까지
낭창朗暢한 꽃으로 피어난다.

04

설경

생명이 정지된 듯
고요한 순백의 세상 속
가득한 이야기 속으로 들어간다

덕장에 빼곡히 걸린 명태
반쯤 감긴 눈으로
선하품 하며 반긴다
큰 바위 가족 하얗게 분장하고
북극곰 놀이를 즐기고
다람쥐 도토리 오물거리다 함께 구른다

높디높은 고목 가지 끝
겨우살이 알찬 열매 맺으니
산새들 배불리고 성급한 봄을 심는다

하얀 설경 맛나게 버무려
백설기 한 시루 앉혀 놓고
눈 속에 묻혀 나도 눈이 된다

05

누명

나이를 먹어 늙어감은 누명이다

나이가 나를 먹는 것이다
날마다 나를 뒤집어가며 발라먹고 있다
갑각류처럼 두터워지는 껍질도
아랑곳하지 않고 파고들어
하얀 속살을 탐하고 있다

동동구리무로부터 보톡스
태반주사에 이르도록
팽팽한 평행선을 당겨보지만
여전히 파 먹히고 있다

그러나 그리 슬프지만은 않다
생을 통째로 내려놓는 그날
네가 없는 영생의 나라로
힘찬 나래를 펼 것이다

너는 나의 악동惡童 동반자였다

내 가슴은 미어지듯 애리다

이개성

충북 괴산 출생. 『문파문학』 신인상 당선 등단. 시계문학회 회원. 저서: 공저 『그냥 또 그렇게』 외 다수.

01

늦가을의 단풍나무

비 온 후
단풍 마지막 장식하듯
별빛처럼 선명한
노란 단풍 빨간 단풍

이 아름다움 간직하려
내가 사는 삼성 노블카운티 정원을
나 홀로 돌고 또 돌며 거닐었다

그대와 손잡고 낙엽 쌓인
월정사 삼백 년 묵은 전나무 숲
바삭바삭 소리 내며 걸었던 추억
그때가 그립다

02

가을이 왔네

어제까지 유난히 무덥던 여름 지나
밤새 내린 소낙비

저녁때 연못가에 앉으니

고막을 뚫을 듯한 매미 소리 간데없고
새들은 지줄 대고, 풀벌레 울음소리
산과 들 울긋불긋 물들기 시작
가을이 성큼 다가왔네
어김없이 변하는 계절
가을은 또다시 왔건만
그대는 돌아오지 않네

03

봄비

보슬보슬 내리는 봄비
언 땅을 비집고 저 파릇파릇한 순
솟아 올리는 봄비

나뭇가지에 꽃망울 새싹
이름 모를 식물들
고맙다고 웃고 있네

이른 아침 그대와 같이
우산 속에 하나 되어
봄비 맞으며 거닐던 삼청공원 길
그때 그리워

04

어느 쾌청한 가을날

커튼을 연다 쾌청한 날씨
구름 한 점 없는 가을 하늘
둥근 해는 하늘에서 빛나고

저수지 물 투명 유리알 같다
잔잔한 물결 다이아몬드같이
찰랑찰랑 빛난다

알록달록 물든 숲
저 멀리 낮은 산들
산기슭에 흰색 아파트촌
확 트인 시야 행복한 마음

이 세상 모든 만물 또한
그대에게 감사한다

05

네 번째 첫눈

아침에 창밖을 내려다보니
첫눈이 사뿐사뿐 내리고 있다

청명산 숲은 눈꽃으로 하얗게 덮이고
산길이 더 뚜렷이 드러났다
그대 그 길을 단아한 모습 등산복 차림으로
내게 손을 흔들며 걸어가는 것만 같다

그렇게도 건강을 챙기더니
어찌 그리 돌아올 수 없는 길을
급히 떠나고 말았는지

그대 떠난 지 네 번째 첫눈이건만
첫눈이 오기 며칠 전 떠난 그대를
애처롭게 그리던 쓰라린 기억

매해 첫눈이 올 때마다
내 가슴은 미어지듯 애리다

그대는 간 곳 없건만
눈은 지금도 사뿐사뿐 내리고 있다

거닐어도 향기가 나지 않는다

가슴이 시려

무겁다

나

한해를 시작하며

당신의 앨범

전정숙

2008년 (시) 구상 솟대문학상추천 완료, 『문파문학』 신인상 등단. 창시문학회 회원. 수상: 제4회 성남시 장애인 예술제 금상, 2007년 전국 장애인 근로자 문화제 입선(산문 부문), 제6회 성남시 장애인 예술제 금상, 2008년 경기도 장애인 종합예술제 대상(글짓기 부문), 제2회 전국 장애인 종합예술제 대상, 제7회 성남시 장애인 예술제 금상, 제8회 성남시 장애인 예술제 금상, 제2회 대한민국장애인 음악제 창작음악 공모전 작사 부문 대상입상, 제15회 민들레 문학상 공모전 장려 (2013.동화).

01

가슴이 시려

중지를 꾹꾹 눌러 누군가에게 전화를 걸어본다
그러나 삑삑삑 통화 중 대꾸는 없다
사랑 노래 흥얼흥얼 불러보아도 누군가가 그립다

사람을 붙잡고 수다를 떨어 봐도 채워지지 않는 외로움
김치볶음밥 입에 가득 넣어 봐도 배고프다
장롱 속 가득 쌓인 옷 바라봐도 채워지지 않는다

02

무겁다

가득 쌓여 있는 내 속 먼지들
돌덩이 되어 가슴을 억누르고 있다

시원한 선풍기 바람에 날려보지만
더더욱 단단한 자갈들이 가슴을
찔러 아프다 꾹 꾹

장미 향기 가득한 꽃밭을
거닐어도 향기가 나지 않는다
재잘 재잘거리는 소문들

03

나

세상을 기우뚱거리며 바라본다
어느 날은 비틀비틀 나무들이 바라본다
김밥 같은 지하철 안 양파 시금치 당근 단무지 뒤섞여

따뜻한 밥이 되어 사랑을 먹는다
울퉁불퉁한 보도블록은 쓴맛 단맛이 가득하다
난 왜 이렇게, 4시 20분을 지나가고 있다

04

한 해를 시작하며

백지 안에 꿈을 그려본다
전동 휠체어를 타고 눈길을 달려
한 조각 피자 만들어 배고픈 비둘기에게
나눠주면 행복할 것 같다

활짝 핀 개나리 진달래 내음을
흠뻑 가슴에 담아 향기 나는 말 나눈다
뜨거운 여름 시원한 바닥에 누워
사랑하는 그이와 모래사장을 거닐고
빨주노랑의 맛을 그려본다

05

당신의 앨범

당신을 처음 만난 날 가슴이 설레었지요

꽃망울 피어나는 듯한 뜨거운 사랑을 난 보았죠

낙엽 하나둘 떨어질 때면 그대의 어깨에
손을 얹어 시 한 술
먹어 보았죠, 그러나
당신은 한 장의 앨범이 되어있었죠

당신의 삶,
그냥 가을이다

느티나무

목수국 피는 밤

가을 삶

늦기 전에

노신사

윤복선

충남 부여 출생. 『문파문학』 등단. 창시문학회 회원, 문파문학회 운영이사. 저서: 공저 『마침표 없는 편지』 외 다수

01

느티나무

보라
저 능선을 휘돌아
말 달리던 장수
창공 구름 한편 역사는 비로 내리고

몇백 년 느티나무
누가 두고 갔나
지금도 그 자리

병자호란 인조의 피정도
장수의 시름도
어느 병사의 사랑 이별도
보았겠지

잎새 하나하나
전하지 못한 마음
오늘 우리 노래도 들었겠지

사대성문 한양 땅으로
길이 열리면
분주했던 마차 소리 감감한데

오늘 밤은 KBS 열린음악회
느티는 잠을 설치고 기다리겠지 또,
어제처럼!

02

목수국 피는 밤

가로등 밑에 키 작은 보얀 그리움
그 무엇으로 고개 떨군
너
때문에
가던 길 멈추고
내 마음 자작자작 모두 태웠다

물 흐르는 숲길에
여름 풀벌레 소리
칠흑같은 어둠 속에서
요란하게 불러도

한여름 밤
침묵으로 말하고
기다림으로 자라는
너

때문에
곁눈 주지 않고
내 진심 내려놓고 말았다

너의 맘
언제 변할지
내 마음
언제 떠날지
이 밤엔 묻지 않기로 하자
아니 아니 묻지 말자

03

가을 삶

등이 굽은 농부는
들녘의 땅과 하나이고
가을바람과 하나이고
구름 한 점 없는 하늘과 하나이다

당신의 삶 그냥 가을이다

나는 창가에 앉아서
여기 들꽃 핀 언덕 바라보고

단풍 내린 먼 산 바라보고
저기 구름 걷힌 가을 하늘 곱다 한다

나는 그냥 가을 구경꾼이다

04 늦기 전에

어머니
저도 당신이 걸었던 그 길을 걸어가고 있습니다
개망초 만개해서 별이 내려 앉은
들길도 걸어 갑니다
자귀나무 잎을 오므려 토라져 앉은
저녁 길도 걸어가고 있습니다

고백합니다

당신이 무엇을 좋아하는지
무엇을 하고 싶어 했는지
한번도 생각 못했습니다

당신의 희생이
너무 익숙해서 감사하다 못했습니다

너무 사랑해서 사랑한다 못했습니다

항상 기다리기만 했던 당신께
별이 지기 전
아침 오기 전

오늘은 그 흔한 카톡 하나 보내렵니다

이해도 혼자 하고
용서도 혼자 하는 당신께
이제는 제가 먼저 하렵니다

05

노신사

체리 한 줌에
사랑을 가져가시랬더니
내 평생 그래 본 적 없다 하시네요

여심을 모른다고
남심을 흔들어도
손사래만 치시네요

이십 대 청춘 세상 여담
기울여 듣다 보니
인물 좋고 풍채 좋던 청춘은
육십 년 전으로 묶어 놓고
「바람 되어 흘러간다」
제3시집이 그때를 대신 하시네요
젊음은 실수를 많이 하여 후회하고
나이 드심은 아쉬움에 더딘 발걸음

노신사가 미소를 남기고
자리를 뜨시네요.

별이 된 꿈들이 날고 있을까?

가을단상

작은 별

오월의 장미

작별인사

남한산성

이비아

서울 출생. 『문파문학』 신인상 시 등단. 이화여대 음악교육자 전문교육 수료. 한국방송통신대학교 국문학과 졸업. 한국방송통신대학교 편집국장 역임. 창시문학회 회원. 저서: 공저 『마침표 없는 편지』 외 다수

01

가을단상

결승선에 박차를 가하듯
마지막 열기를 더하는 햇빛
가을은 소리 없이 오고 있었네
좀처럼 끝나지 않을 것 같던 폭염도
해가 지면 산들바람
풀벌레 소리 또랑하니
오곡백과 익고 있네

무릇
무르익는 것은 성숙해지는 것
달콤한 과육 머금은 열매들
청명한 하늘만 있었을까
궂은비 견딘 날도 많았지
가을은 그렇게
익어가는 것들의 계절
풍요롭게 익은 사람처럼

02

작은 별

아스라이 먼 나라
작은 별 하나둘 눈을 뜨네
별들이 하나둘 깨어나면
초롱초롱 꿈을 꾸는 밤하늘

별의 별 꿈들의 별천지
조각배 띄우고 건너가 볼까
안드로메다은하 어디쯤
별이 된 꿈들이 날고 있을까

사막의 밤처럼 고적한 밤
작은 별 하나둘 헤어보네
몇백 광년 시공간 너머의 별빛
오색영롱한 꿈을 주네

03

오월의 장미

장미 중의 장미는
누가 뭐래도
빨간 정열의 화신

오월의 장미

붉디붉은 꽃
고혹적 향기를 발산하지만
도도한 가시 있어
함부로 꺾을 수 없어라

한 송이 꽃으로도
선연한 빛깔
그 아름다운 충만

장미 중의 장미는
누가 뭐래도
빨간 정열의 화신

04

작별 인사

나 이제 가려고 한다
나 이제 그만 쉬려고 한다
내 걸어온 삶의 의욕이었던
내 극복한 인생의 이유였던
허허벌판 새끼짐승마냥 울고 있는

끝내 눈에 밟히는 내 아이야
이제 나를 편히 보내주렴
나 이제 그분 곁으로 가야만 한다
평생 바라고 믿었던 그분 날개깃에
근심걱정 잊고 안식하려고 한다
내 영혼을 위한 기도소리
하얀 날개 핀 천사님들 오시고
그러니 천상의 내 걱정은 말아라
내 사랑하는 아이야
회한과 그리움이 밀물져 오더라도
자꾸 눈물짓지는 말아라
지금은 한겨울이지만
머지 않아 봄이 돌아오겠지
훈풍이 불어와 다시 꽃 피고 새가 울겠지
그 봄날이 오면
내가 숲속으로 살며시 찾아가마
바람결에 온기가 와 닿거든
새가 반가이 지저귀거든
진달래 꽃빛 흔들리거든
내가 함께 걷고 있는 거란다
그렇게 좋은 날이 벌써 기다려진다
그 새로운 만남을 기약하며 잘 있거라
내 불쌍한 아이야

05

남한산성

안개비 내리는 남한산성
안개 낀 산골짜기 사이로
산사의 목탁소리 흐르고
나라수호 지휘관 서 있던 수호장대
다섯 개 장대중 하나만 남아
옛 모습 고고히 지키고 있다
수어장대 가는 길은
역사의 향기 품은 소나무 길
성벽에 걸터앉은 흰 구름
한가로이 머물다 가는 곳
세속을 씻어낸 나그네들
아득한 세상 내려다보며
구름 위에 앉아 쉬고 있다

돌아선 발뒤꿈치 향기가 묻어 온 방 가득 봄이다

김점숙

전남 순천 출생, 순천 여고 졸업, 한국방송통신대학교 국어국문학과 졸업. 분당에서 입시미술 '사람들'미술학원 운영. 성남시학원연합회 부회장 역임. 인사동 우림갤러리 개인전. 시계문학회 회원

01

봄 흐드러지다

벚꽃 구름 아래 함박웃음 물결치며 흐른다
봄이 가고 있다고 안달하는 너를 따라나선
눈길도 덩달아 춤을 춘다

앞선 소년 하나 두 손 모아 조심조심
떨어지는 봄 받으며 세상 저 쪽에서
황홀한 놀이에 취해 있다

바람이 알려 준 길 찾아 갔더니 흐르는
계곡물에 꽃잎 따라 흘러 마을로 내려오고
돌아선 발뒤꿈치 향기가 묻어 온 방 가득 봄이다

02

너의 목소리가 들려

길조차 보이지 않는 계곡에
밤이 찾아와
물소리로 온 산을 채우고

홀로 앉아
차를 마신다

창 열어
바람, 별에게 소식 물어 고개 드니
두릅나무 가지만 자라고

짓다만 너의 황토 집
언제 쯤 돌아와 따끈한
구들에서 지친 몸 위로할까

03

칡넝쿨

같은 초록의 포승으로
발끝에서 머리끝까지 묶여
숨이 막힌 나무들

혼자 비켜설 수 없어
그냥 그렇게 감기어
창백하게 마르고 있다

억겁의 시간 지켜온 오늘
마침내
커다란 무덤으로 울부짖을 산

우두둑 잡아채어
불구덩이에 던지고픈 가슴은
스치는 창밖으로
작은 손 내밀어 울고 있는데

어디로 가는 걸까
차 창밖 끝없이 이어지는
숨 막히는 차 행렬

04

빈집

담 너머 인동초
고샅길 밝히는 개양귀비꽃
밤새 인사 나누는 풍경 속

누구의 손길인지 담벼락 한켠에서
온기 품어 등 내어준 채
아낙네들 웃음소리 눈물소리
음식 나누는 소리 기억하고

개망초 가득한 성희네 집 빈 뜰

그 아래서
세월만큼 닳고 닳은 정적
하늬바람만 떠돈다

05

아버지

왜 당신의 낡은 구두가 떠오르는지요
퍽퍽한 길 뒤꿈치 깎으며 걸어보고야
따뜻한 목소리 환청인 듯 듣습니다

병상에 두고 가신 먼 그리움으로 잊혀졌던
정지된 화석하나 찬서리 내린 들판에서
서러움으로 다가옵니다

갈대를 서걱대며 지나온 바람
하늘은 서슬 푸른 칼날처럼 매서운 그곳에
수목장으로 곁에 와 서있는 아들, 며느리
다독이며 지켜보는 오래된 묘비

편한 신발 한 켤레 사워어 가지만
도저히 하늘 우러러 뵐 수가 없습니다

달려온 새벽
아침을 깨우는
먼 풍경소리

숨 가쁜 시간들

달려온 새벽

유리컵 작은 잎

고향 집

낯선 얼굴

강신덕

평안남도 평양시 경제리 출생. 성균관대학교 중퇴. 백합문인회시계문인회 회원

01

숨 가쁜 시간들

서리 내린 풀밭 엉성한데

소나무 껍질 되어 흘러내리는데

'소리 단절' 이라며 윙윙 울리는데

크윽, 킄
어디랄 것 없이 시리고 아픈데

노을 먼 듯 가깝게
지평선이 손짓하는데

한줌 흙, 흙으로 돌아갈
숨 가쁜 시간들
말없이 가고 있는데

활짝 웃고 싶은데

02

달려온 새벽

밤이 올 즈음
오른쪽 벽을 향해 누워
베개를 끌어당기고
왼쪽 무릎 굽혀
살포시 끌어안으면

자장가인 듯

보고 싶은 얼굴
나누고 싶은 이야기들
간데없고

달려온 새벽
아침을 깨우는
먼 풍경소리

03

유리컵 작은 잎

유리 컵 작은 물 속
사랑 한 조각

연두 두어 잎
너른 바다로 던져지듯
포물선 그어 내려앉는다

환한 아침햇살
하루를 깨우고 추스르는
맑은 빛의 율동

사철 여린 잎들
기다림인 듯 촉 세운
앳된 미소 하나

04 고향 집

앞대문 들어서면
푸른 잎 무성한 오동나무 한 그루
닭장을 지나 광이 있는데

할아버지 때때로
뛰노는 아이들 불러
조청 강정을 나눠 주셨다

너른 광 속엔

크고 작은 함지박, 소쿠리
낫과 호미 쇠스랑 걸려있고

눈독들인 조청단지엔
달콤한 엿이 가득하여
숟가락 꾸욱 누르면

들어간 숟가락 아무리 당겨도
나오지 않아 두려움에 떨며
들앉았던 나는
엉엉 소리쳐 울고 말았다

05

낯선 얼굴

누렇게 바랜 사진 한 장

세월 두께 70여 년
두루마리로 감겨있다

앳된 얼굴 눈망울들

엄마 무릎 위의 내가

지금의 나를 바라본다

문파대표시선55인
시 인 소 개

지연희

사공정숙

박하영

전영구

장의순

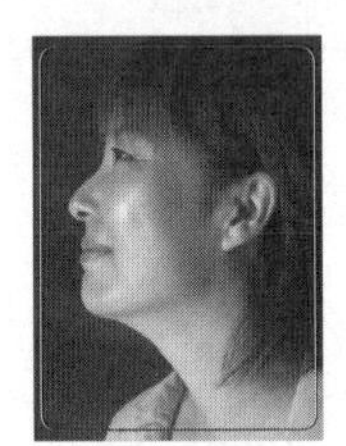
김안나

김태실

한윤희

백미숙

최정우

서선아

이규봉

박서양

전옥수

홍승애

양숙영

문파
대표
시선
55

박경옥

탁현미

허정예

장정자

임정남

이규선

김좌영

김옥남

박진호

채재현

이광순

부성철

박노일

권소영

조영숙

박옥임

문파대표시선55인

시 인 소 개

이춘

김복순

김순례

김영화

박명규

임종순

김용구

김문한

김건중

김용희

경용현

정정임

이주현

원경상

윤정희

심웅석

최스텔라

이개성

전정숙

윤복선

이비아

김점숙

강신덕

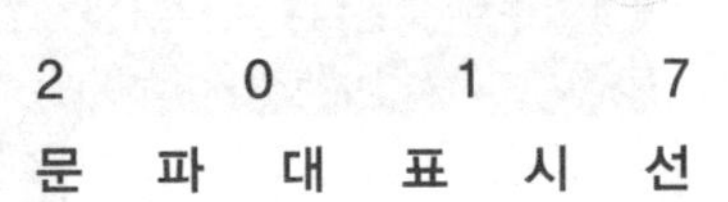

지연희 사공정숙 박하영 전영구 장의순 김안나 김태실 한윤희 백미숙 최정우
서선아 이규봉 박서양 전옥수 홍승애 양숙영 박경옥 탁현미 허정예 장정자
임정남 이규선 김좌영 김옥남 박진호 채재현 이광순 부성철 박노일 권소영
조영숙 박옥임 이 춘 김복순 김순례 김영화 박명규 임종순 김용구 김문한
김건중 김용희 경용현 정정임 이주현 원경상 윤정희 심웅석 최스텔라 이개성
전정숙 윤복선 이비아 김점숙 강신덕

2 0 1 7

현 대 인 이

꼭

읽 어 야 할

문파 대표 시선 55

2017년 문파문학에서 선정한 대표 詩選

지연희, 백미숙, 박하영, 탁현미, 임정남 외 지음